W0468862

MA MÈRE, DIEU
ET SYLVIE VARTAN

Roland Perez

MA MÈRE, DIEU ET SYLVIE VARTAN

roman

LES ESCALES
DOMAINE FRANÇAIS

92, avenue de France
75013 Paris – France
Courriel : contact@lesescales.fr

ISBN : 978-2-36569-673-9
Dépôt légal : octobre 2021
Imprimé en France

Couverture : Hokus Pokus créations
Mise en pages : Nord Compo

À mes enfants, Harold, Lorie et Ludivine

Le hasard, c'est Dieu qui se promène incognito.

Albert Einstein

Chapitre 1

Mme Fleury

Ma mère était persuadée qu'avec des cigares au miel on pouvait tout acheter. Avant chaque visite de l'assistante sociale, elle s'enfermait des heures durant dans sa cuisine. Assis par terre, je la regardais rouler les petites bûches, tandis que l'appartement s'emplissait des parfums d'amande et de fleur d'oranger. Cela aurait dû être une fête, mais, je le sentais bien, quelque chose clochait. Ses doigts trop nerveux, ses lèvres trop serrées qui, plutôt que son habituelle faconde, ne laissaient filtrer qu'un juron bien senti lorsque la pâte d'amande se débinait pour aller s'écraser sur le formica. Du moins, je supposais que c'était un juron, car c'est à ça que servait le dialecte marocain... en plus des engueulades entre mes parents et des remarques sur les N'guyen, nos voisins de palier. Puis, une fois la cuisine bien briquée, c'était mon tour. Débarbouillage en règle, pantalon propre et chemise repassée de frais. À l'arrivée, j'embaumais la lessive, la savonnette et l'eau de Cologne. Ce que je détestais par-dessus tout, c'était quand, d'un geste appuyé et mouillé, elle plaquait mes cheveux sur mes tempes pour discipliner les mèches rebelles et dégager une raie bien blanche et nette.

« Voilà ! Tu es beau mon fils. » Mais je me laissais faire sans broncher. La dame en gris allait arriver, je devais faire bonne impression. Même si je ne comprenais pas l'enjeu, je savais qu'à travers moi, c'est ma mère qu'on allait juger, et cette idée m'angoissait.

Le bourdonnement de la sonnette stoppait net ma mère dans sa course qui, de la salle à manger au salon, la propulsait comme une boule de billard – déplaçant et replaçant un vase, lissant un napperon, arrangeant un bouquet de pampas séchées.

— Ah madame Fleury ! Entrez, entrez, je vous en prie. Attendez là, je vais vous faire un thé à la menthe, vous prendrez bien un thé à la menthe, n'est-ce pas ?

Le cirque pouvait commencer. L'autre n'avait pas encore eu l'occasion d'ouvrir la bouche que ma mère avait déjà disparu dans la cuisine. Ravalant avec peine ma salive, je me retrouvais seul face à cette petite femme sèche. Je n'osais faire le moindre mouvement ni proférer un son de peur de commettre un impair, me contentant de répondre par mon plus beau sourire à ses tentatives d'approche.

— Comment ça va Roland ? Raconte-moi un peu. Qu'est-ce que tu fais de tes journées ?

J'étais sauvé par l'entrée en trombe de ma mère qui depuis son antre, de l'autre côté du couloir, flairait le danger.

— Il est heureux comme tout. Hein, Mchikpara, raconte à Mme Fleury l'avion en Meccano que tu as construit avec Jacques. Si vous voyiez ça madame Fleury ! Il est si doué le petit. Et soigneux avec ça.

— Je n'en doute pas madame Perez, mais on en a parlé des dizaines de f...

— Et il parle bien pour son âge, regardez. Dis quelque chose à Mme Fleury, Roland.

— *Je vois toujours un coin de ciel bleu, aussi bleu que tes yeux. Quantuélà là la la la la...*

Silence embarrassé.

— ... Comme il est intelligent ! Et curieux avec ça. Il retient toutes les chansons qu'il entend à la télé.

— Je vous le répète encore une fois. Il faut que Roland aille à l'école.

Ma mère, à peine assise, se retrouvait aussitôt propulsée hors de sa chaise. Le thé était prêt, « et puis j'ai fait des cigares au miel, et vous allez bien manger un gâteau, et il les a aimées les pâtisseries votre mari la dernière fois ? »... La litanie reprenait de plus belle. Chaque diversion était autant de temps gagné.

— Maintenant ça suffit ! Asseyez-vous. Si vous ne l'appareillez pas pour l'envoyer à la maternelle, je ferai mon devoir auprès des services sociaux, vous m'entendez ? Je vous l'ai dit, l'appareillage ne vous coûtera rien. Tout est pris en charge.

— Mais je veux pas qu'il passe pour un handicapé mon fils ! On peut pas le faire boiter comme ça toute sa vie. C'est pas humain, madame Fleury ! Regardez comme il est mignon, le pauvre, il ne demande qu'à être comme les autres... protestait ma mère, des sanglots dans la voix, dans une tentative pour amadouer l'austère bonne femme.

Je l'avais vue cent fois jouer la grande scène du II : digressions, montée dans les aigus, effets de manche, larmes, émotion... Le tout à la vitesse de la lumière. L'assistante sociale naviguait sur des montagnes russes. Pourtant, avec sa voix ferme et ses petits yeux qui vous transperçaient, elle ne s'en laissait pas compter la mère Fleury. Mais de toutes les familles d'allocataires qu'elle visitait au 7, avenue de la Porte-de-Choisy, l'entêtée du quatrième restait sa croix. Je connaissais par cœur les manœuvres de ma mère et, alors qu'elle tentait une fois de plus de changer de sujet : « Vous avez vu Mme Dahan ? Ça va pas sa fille, hein ? Il paraît qu'elle a encore volé... », je choisissais ce moment pour glisser du canapé et retrouver le lino de la salle à manger. La traîtresse en profitait pour reprendre l'avantage.

— Mais regardez-le, enfin. Il a quatre ans et il marche encore à quatre pattes. Il faut faire quelque chose madame Perez. Vous ne pouvez pas le porter à bout de bras toute sa vie.

Remontée dans les aigus :

— Toute sa vie ? Comment ça toute sa vie ? J'ai vu des docteurs, des dizaines de docteurs ! Il va marcher comme les autres enfants, je vous le dis moi ! On va la trouver la solution, Dieu m'en est témoin. D'ailleurs j'en vois un autre la semaine prochaine, un Grrand Docteur, il a soigné des tas d'enfants comme lui.

— Ah oui ? Et qui c'est ?

— ... le docteur... halallalllala... Je sais plus moi, on en voit tellement ! C'est ma fille qui s'occupe des rendez-vous. Je vous jure madame Fleury, cette fois-ci ça va marcher. Je le sais, vous m'entendez, je-le-sais ! – lâchait-elle, avant d'aller sortir la viande du Frigidaire – parce que vous comprenez les enfants vont rentrer de l'école, et puis ce soir c'est shabbat vous savez...

Sur une demi-heure de visite, elle s'en sortait avec vingt minutes de pirouettes. Pourtant, ma mère avait beau être agaçante, personne ne pouvait lui résister longtemps. Son charme, sa foi, sa force de conviction emportaient tout sur son passage. Y compris cette femme aux lunettes sévères, au chemisier cadenassé jusqu'au menton et aux collants épais. Agacée, soulagée d'en avoir fini, mais aussi touchée par le dévouement de cette mère, elle quittait une fois de plus l'appartement en lui laissant une chance, avec en prime, bien sûr, les petits cigares fondants soigneusement empaquetés dans du papier alu que ma mère lui avait fourré dans les mains. « On s'est bien comprises madame Perez, c'est la dernière fois ! Rendez-vous dans quatre mois. » À peine la porte refermée, ma mère laissait échapper un long soupir sonore et venait me soulever du sol pour me serrer dans ses bras. « Mchikpara, mon fils, maman sait que tu vas marcher. Il va venir le miracle, il va venir. » La tête dans son cou, je respirais son odeur de sucre et de cannelle. Et comme elle j'y croyais. De toutes mes forces.

Chapitre 2

Bot ou pas beau ?

Je suis né dans les cartons, le 15 octobre 1963. Je partais dans la vie avec un avantage certain puisque, sixième enfant de la famille, j'étais celui qui avait permis à mes parents de voir leur dossier aboutir et d'obtenir un appartement dans le 13e arrondissement. Un modeste HLM, certes, mais à Paris tout de même ! Ce qui pour ma mère représentait le summum de l'ascension sociale. Et elle ne se privait pas de le faire savoir. À chaque lettre qui partait pour le Maroc, elle prenait soin d'afficher le pedigree de l'expéditeur en grosses lettres soigneusement tracées au dos de l'enveloppe : M. et Mme Perez – PARIS. Tout simplement. À leur arrivée en France, en 1951, ils avaient vécu quelque temps dans le Marais, rue François-Miron, mais c'était pour partager l'hôtel-restaurant de l'oncle Nessim. Et au bout de quelques mois, il avait fallu se résigner à plier bagage direction la banlieue : avec mes dix cousins et les cinq enfants de mes parents qui occupaient les chambres, la petite affaire partait à vau-l'eau.

Depuis sa tour d'ivoire, la banlieue apparaissait désormais à ma mère comme le sixième cercle de l'enfer. Elle se pavanait comme la reine d'Angleterre et considérait avec pitié le reste de la famille resté coincé dans ce cloaque. D'ailleurs mes oncles et tantes avaient au passage été dépouillés de leurs prénoms pour devenir « l'oncle de Cachan », « la tante de Bobigny »...

— Les pauvres... hooo les pauvres... Regardez-moi ça ! Y a rien ici ! Rien ! C'est le désert. Y a que le désert ! Et des voyous ! Ahlalala... Vous pouvez dire merci à votre mère ! Je vous ai sauuuvés !

Comme si elle nous avait extraits du bidonville de Dharavi. Et quand on lui demandait où elle habitait :

— Porte d'Italie !

— Mais non maman, on habite porte de Choisy.

— Non. Porte d'Italie !

Notre station était effectivement le terminus de la ligne, un peu trop proche de la banlieue à son goût. Et, peu importait la distance, elle s'obstinait toujours à descendre Porte d'Italie. *C'est mieux !*

C'est donc porte de Choisy que je fis mon entrée. Les premières douleurs se firent sentir alors que ma mère préparait le petit déjeuner de mes frères et sœurs. Après avoir fini de verser le chocolat dans les bols, et sans rien perdre de son flegme, elle appela la voisine.

— Bonjour Flora, comment tu vas ma belle ? Dis, je crois que je vais accoucher aujourd'hui. Maklouf il est déjà parti à son travail. Tu penses que Véronique pourrait accompagner les petits à l'école ?

— Mais bien sûr, ma chérie. Tu as prévenu l'hôpital ? Maklouf va arriver ?

— Non, ça va. Je me débrouille, j'ai l'habitude.

— Tu me tues Esther, tu vas quand même pas faire ça toute seule.

— Mais non. Mais non. J'ai appelé ma sœur Paulette pour ce soir. – Ouiiiiia. Elle a fait mal celle-là. – Elle va venir s'occuper des enfants, ils sont bien avec elle. Touuut va bien. Allez, j'y vais, hein !

Un dernier coup de téléphone pour prévenir le futur papa.

— Bonjour monsieur Leroy. Pardon de vous déranger, c'est Mme Perez. Pouvez-vous prévenir mon mari que je pars accoucher ?… Comment ça si je suis sûre ? Après cinq enfants je connais la chanson tout de même.

— …

— Non, non, ne l'inquiétez pas avec ça. J'ai pas besoin de lui. Qu'est-ce que vous voulez qu'il fasse ? Il va pas pousser à ma place de toute façon. Prévenez-le juste qu'il vienne dans l'après-midi, ça ira bien comme ça ! Allez, j'y vais, au revoir monsieur Leroy.

Le temps de faire cuire un poulet, d'écosser des petits pois, d'éplucher les pommes de terre et de crêper ses cheveux, la voilà partie pour l'hôpital Rothschild, avec comme toujours le sentiment d'avoir oublié quelque chose. *Et si Richard veut pas de patates… j'aurais dû préparer des coquillettes… Et les filles… Et si… et si… et si…*

C'est ainsi que M. Cohen, le marchand de bonbons d'en bas, qui comme chaque matin à 8 h 30 levait son rideau de fer, vit débouler en trombe cette petite femme ronde précédée de son énorme bedaine et portant sa valise à bout de bras.

— Bonjour madame Perez ! Tout va bien ? Je peux vous aider ?

— C'est ça. C'est ça. J'ai pas le temps, je suis pressée ! Allez, au revoir, le rembarra-t-elle en agitant ses bracelets et en ravalant la douleur d'une énième contraction.

Et la voilà coincée dans un métro bondé, agrippée à la barre, refusant de s'asseoir de peur d'être incapable de se relever et priant le ciel pour arriver à destination dignement, c'est-à-dire sans perdre les eaux devant tous ces gens. Elle ne l'avait pas désiré ce petit dernier mais elle l'aimait déjà. Sa chair n'était que le puzzle assemblé de tous ses enfants, et ce puzzle allait s'agrandir.

La course d'Esther à travers Paris avait facilité le travail, et mon arrivée dans le monde se fit sans trop de peine. Mais sitôt sorti du ventre de ma mère on m'arracha à elle avant même de lui être présenté.

— On l'appelle Barnabé le petit ?

— Quoi ? Barnabé ? Mais pourquoi vous dites ça ?

— Parce que c'est un garçon madame.

— Oh noooon. Je voulais une petite fille, j'avais prévu Chantal. J'ai déjà trois garçons. Bon, d'accord, d'accord, c'est pas grave. On n'a qu'à l'appeler… Disons… Roland. C'est bien Roland.

Vaille que vaille, la parité ne serait pas respectée au sein de la marmaille. Pendant ce temps-là, j'avais fort à faire ailleurs. Ma mère, usée par ses six grossesses, au rythme d'une tous les deux ans, s'endormit comme une souche sans même se rendre compte que les heures passaient. Je débarquai dans sa chambre en fin d'après-midi, accompagné d'un interne à la mine sévère et d'une sémillante infirmière. C'est la première vision que j'eus de mes parents : Esther, souriante, les bras grands ouverts, et mon père, la bouche pleine, repoussant furtivement le plateau-repas de ma mère qu'il était en train d'engloutir. Présentations, embrassades, roucoulements et prières de remerciement, mes parents ne se rendirent pas tout de suite compte de l'embarras des deux arrivants. Le médecin plongé dans le tableau médical au pied du lit comme s'il s'agissait des pages sport du *Parisien libéré*, l'infirmière occupée à lisser les draps du lit. Après quelques toussotements et raclements de gorge, le type se lança :

— Comment ça va madame Perez ? Hum... Votre fils va bien, c'est un beau petit garçon. Mais... comment dire... je suis désolé de vous l'apprendre, il est né avec une malformation.

— Comment ça une malformation ! Il est mignon comme tout, regardez-le ! s'extasiait-elle en me soulevant comme un trophée.

— C'est son pied madame, nous venons de lui faire subir trois opérations, mais elles n'ont abouti à rien hélas.

— Merci Hachem pour ce beau petit garçon, *là yatioum srah,* mon Dieu, mon Dieu, faites qu'il ait la santé, et toi Rabbi Meïr Baal Haness viens-nous en aide, *là yhfed ouladi*... Mais qu'est-ce qu'il a ? lâcha ma mère entre deux communications avec le Très-Haut et ses ambassadeurs.

— C'est ce que l'on appelle un pied bot.

— Un pied beau ?... J'ai pas compris. Et l'autre ? Il est pas beau ?

Chapitre 3

Cause perdue

Les opérations avaient laissé leur marque, une grande cicatrice qui me parcourait le mollet sur toute sa longueur. Au bout, comme un petit animal sans vie, une esquisse de pied, sans talon et tout recroquevillé. Mais pas de quoi jeter une ombre sur le bonheur de mes parents. Dieu était là, il veillait sur nous, et on pouvait compter sur lui pour arranger les choses. Les interventions ayant été des échecs, les médecins avaient demandé à mes parents de consulter en ville. En insistant bien sur le fait que je ne devais surtout pas marcher, ce que je n'aurais pu faire qu'en m'appuyant sur le côté de mon pied, aggravant ainsi ma difformité. En attendant, mon éternel sourire et mes yeux de biche faisaient la fierté de ma mère, et on aurait bien le temps de s'occuper de mon pied plus tard. D'autant qu'il fallait encore défaire les cartons, organiser la circoncision pour la semaine suivante, lancer les invitations, et puis s'occuper des cinq autres… Mais après douze mois, il avait bien fallu se rendre à l'évidence. J'étais en âge de faire mes premiers pas, et je ne le pouvais pas. Dieu n'avait pas accompli son œuvre, il fallait lui donner un coup de pouce.

Débuta alors un périple de plusieurs années qui nous mena ma mère et moi aux quatre coins de la capitale à la rencontre de modestes spécialistes, de célèbres professeurs et de pathétiques charlatans. Chaque sortie était pour moi une nouvelle aventure. Je découvrais la ville et, surtout, l'univers captivant du métro. Tant de gens différents, des petits, des gros, des qui portaient des lunettes, de larges cravates, des attachés-cases... Et puis des femmes rousses, comme maman, mais avec des yeux verts, des blondes à la peau claire et aux paupières soulignées de noir qui me rappelaient Sylvie Vartan, ma chanteuse préférée, même si elles n'avaient pas du tout les dents écartées comme elle. Je les scrutais sans vergogne, me rassasiant de leur diversité, bien à l'abri des bras de ma mère.

Le premier de la liste fut un généraliste, le docteur Salomon.

— Voyons, voyons, je ne peux rien faire pour votre fils, madame. Mais c'est un problème orthopédique, voyons. Il faut vous rendre à l'hôpital Necker pour consulter un spécialiste. Voyons, voyons. Ils soignent les enfants là-bas.

Vint le tour du docteur Muller :

— Il aurait fallu que vous interveniez bien plus tôt, chère madame. C'est lorsque les tissus sont encore mous qu'il est possible d'agir, vous comprenez ? Pardon de vous le dire ainsi, ma chère, mais il est trop tard maintenant. Votre fils ne marchera jamais normalement. Vous n'avez d'autre choix que de l'appareiller avec des chaussures prévues à cet effet.

Puis le docteur Rance :

— Hum, à ce stade il ne faut pas vous faire d'illusions madame, heu... Perez, hum. Il faut vous faire à l'idée que, hum, il boitera toute sa vie.

Panique à bord. Pour Esther, cette perspective était impensable. Les mots boiter, appareillage ou handicapé étaient désormais à bannir en sa présence, sous peine de la voir déverser une flopée de jurons dans sa langue maternelle, et des plus crus. Son fils marcherait comme les autres, coûte que coûte.

C'était toujours ma sœur aînée, Jacqueline, qui dénichait les médecins dans les pages jaunes et composait le numéro. Ma mère attrapait alors l'appareil en Bakélite noire et déroulait son discours à grand renfort de modulations et de roulements de « R ».

— Voilà. Mon fils Roland, le pauvre, il a un pied bot de naissance. On l'a opéré nouveau-né, mais ça n'a rien donné, expliquait-elle à la secrétaire.

Et puis, invariablement, elle poursuivait :

— On m'a dit que le docteur, euh...

Elle ne se rappelait jamais du nom du toubib du jour.

— Enfin, que votre patron est un as de la médecine à ce qu'il paraît ! Quand puis-je venir le voir avec mon fils ?

C'est ainsi que les rendez-vous s'enchaînaient et, à chaque fois, la conclusion était la même :

— C'est trop tard madame, vous auriez dû venir plus tôt. La déformation du pied est telle qu'on ne peut plus rien faire.

Ma mère était à bout de patience.

— C'est impossible, je ne vous crois pas. Depuis sa naissance je consulte, et on me dit toujours que c'est trop tard ? Ça veut dire que tous vos collègues étaient des incompétents et qu'à cause d'eux, maintenant, mon fils il va pas marcher !

Combien de fois ai-je vécu cette scène ? Combien de fois ai-je vu ma mère claquer la porte de la consultation médicale en invectivant l'assistante :

— Vous le saviez, vous, que votre patron ne pouvait rien pour mon fils. Et vous m'avez donné rendez-vous ? Et j'ai payé pour rien ? Et ça ne vous dérange pas ? Tous les mêmes ces médecins, et si j'étais vulgaire, je vous dirais que c'est tous des voleurs !

Et pourtant, dès le lendemain, son optimisme prenait le dessus et elle continuait à éplucher l'annuaire des professionnels avec ma sœur. On allait bien trouver la perle rare, celui qui saurait comment soigner son petit Roland.

Elle arrivait à chaque fois gonflée d'espoir, et moi, j'espérais avec elle.

— Tu vas voir Mchikpara, le gentil docteur il va nous aider. Tu vas marcher mon chéri.

Mais chaque consultation était un coup de poignard dans le cœur de ma mère. J'en souffrais, mais d'une certaine manière j'attendais avec impatience ces visites où j'étais l'objet de toutes les attentions. Le monde tournait autour de moi et cela m'allait bien. Du moins jusqu'à ce que je croise la route du professeur Prochion. Un nom qui, pendant des années, allait hanter mes nuits.

L'un des orthopédistes nous avait orientés vers ce grand spécialiste, habitué à traiter des enfants atteints du même mal que moi. Plutôt que de nous accueillir dans un cabinet de l'hôpital Saint-Louis, où il exerçait, le ponte nous fit entrer dans une vaste salle d'étude où, tout autour d'une table d'auscultation, se tenaient une vingtaine de ses étudiants. J'étais pétrifié. Esther, ratatinée sur sa chaise, n'en menait pas large non plus. Et – chose que quiconque la connaissant aurait jugée impossible – la violence du dispositif lui avait coupé le sifflet ! Ses lèvres rouge carmin s'ouvraient et se refermaient sur le vide, sans laisser échapper un son. Et moi, haut comme trois pommes, seulement vêtu de mon petit slip blanc que je triturais avec fébrilité, ne sachant que faire de mes mains ni de mon regard, j'étais posé là, sur cette paillasse glacée, comme un animal curieux.

— Vous avez chez ce sujet un cas classique de *talipes equinovarus* congénital idiopathique avec, comme vous le voyez, ici, un varus marqué de l'arrière-pied et une atrophie du membre, énonça mon bourreau en désignant de sa longue règle en bois les différentes parties de mon anatomie.

Puis, remontant de son bâton le long de ma jambe jusqu'à ma hanche, il poursuivit sa leçon de choses avec une suffisance et une indifférence qui me transperçaient. J'avais froid, j'avais peur, je sentais des larmes d'humiliation me monter aux paupières. Je cherchais les yeux de ma mère comme une amarre, mais l'épaisse silhouette du professeur Prochion me la masquait. Dans un besoin désespéré de réconfort, je tentais alors de croiser le regard de l'un de ces étudiants. Juste un peu de chaleur, c'est tout ce que je demandais. Mais, rien n'y fit. Le nez dans leurs notes, tous ces binoclards n'avaient pas une once de compassion pour le petit garçon que j'étais. Je ne valais rien de plus qu'un objet d'étude que l'on palpait, que l'on retournait sans un mot d'excuse ou de consolation. Moi qui ne m'étais jamais rendu compte de mon anomalie, voilà que j'en étais réduit à l'une de ces silhouettes monstrueuses que l'on voit flotter dans le formol. Je pleurais en silence.

Ce n'est qu'à la fin de la séance que le professeur daigna s'adresser pour la première fois à ma mère :

— Madame, nous allons programmer une opération pour votre fils. Ce sera l'opération de la dernière chance. Vous allez tout de suite prendre contact avec mon secrétariat et vous m'amènerez le garçon. Il y aura huit jours d'hospitalisation et on vous dira ce qu'il faut faire. Voilà, on a fini avec lui. Au revoir.

Le démiurge en blouse blanche ne donna aucune explication. Tout le trajet du retour en métro, je l'ai passé le visage enfoui dans les cheveux de ma mère, jouissant de la caresse rassurante de sa boucle d'oreille contre ma joue. Mchikpara, Mchikpara, me murmurait-elle. Ce nom bourré d'amour dont je ne comprendrais le sens que des années plus tard.

De retour à la maison, la discussion fut vive entre mes parents. Mon père n'était pas convaincu :

— On va opérer le gosse comme ça, sans savoir ?

Tous les deux avaient le souvenir des opérations ratées que j'avais subies à ma naissance. « Un charcutage pour rien » avait coutume de dire ma mère. Et si c'était pire cette fois ? Et si son fils servait de cobaye à ce boucher ? En même temps, on lui proposait une solution, n'était-ce pas une chance à saisir ? Elle était déchirée.

— Tu le rappelles Esther. On va le voir à son cabinet, pas à l'hôpital. Et on y va tous les deux. On va voir à qui on a affaire.

Deux semaines plus tard, je me retrouvais tremblant dans la salle d'attente du cabinet, cramponné à la jupe de ma mère. Celle-ci, raide comme un piquet, semblait bien déterminée cette fois à se faire entendre. Après avoir jeté un regard circulaire autour de la pièce où s'agitaient plusieurs enfants en qui je me reconnaissais, elle jeta son dévolu sur l'une des mamans dont la petite fille se tenait debout avec peine.

— Qu'est-ce qu'elle a votre petite fille, madame ?

— Elle est née avec un pied bot.

— Ha ! Très bien. Et alors ?

— Esther… tenta mon père embarrassé.

— Ben quoi ? Je demande juste.

— Alors, je l'ai emmenée chez le docteur Prochion, poursuivit la mère.

— Et quand elle est venue, elle boitait ? s'enquit Esther.

— Non, elle ne marchait pas.

— Bien, bien. Et il l'a opérée et maintenant elle boite ? Ah oui ?

— Oui, le jour où il l'a opérée il a dit qu'elle marcherait. Et il me l'a rendue, elle boite.

— Ah elle boite, d'accord. Bien. Et vous, madame ? se tournant vers une autre femme.

Cette fois, mon père n'essaya pas d'intervenir, inquiet de la tournure que prenaient les échanges.

— Moi je viens pour l'opération de mon petit garçon.

— Et il marche le vôtre ?

— Il commence à marcher vous voyez, mais d'une manière très déséquilibrée. Il n'est pas très solide sur ses jambes.

— Et vous allez l'opérer ?? Et si c'est pire, hein ?

Et voilà les mamans passées les unes après les autres à la question, Esther essayant bientôt de monter une ligue anti-Prochion.

— Alors ? Et maintenant, qu'est-ce qu'on fait ? Vous, vous ne pouvez plus rien faire, vous l'avez déjà fait opérer, c'est fichu. Et vous, vous allez l'opérer ou pas ?

— Je ne sais plus…

C'est alors que le professeur ouvrit la porte, le menton haut : monsieur et madame Perez !

Esther me regarda, parcourut une dernière fois la salle d'attente, me regarda à nouveau, et enfin vrilla ses yeux dans ceux du professeur.

— Ah nonononoonnooon. Vous allez pas toucher mon fils ! Ah nononoonooon. J'ai vu le massacre que vous avez fait dans cette salle d'attente. Nonnonnon.

— Comment ? parvint à articuler le spécialiste, médusé.

— Non. Non. Tsst tsst tsst. Allez viens Roland chéri, viens Mchikpara. On repart, ça ne nous intéresse pas. Merci. Au revoir mesdames, bon courage, et que Dieu vous vienne en aide ! Et vous là, vous le faites pas opérer, hein ! Allez, on y va, conclut-elle en passant devant un Prochion au bord de l'implosion.

Ça a été l'un des plus beaux jours de ma vie. Esther venait de m'offrir ma revanche sur un plateau d'argent. Mon honneur était lavé.

Après cet épisode, il n'a plus jamais été question d'hôpital. Les consultations se faisaient toujours en ville. Ma mère avait trop peur que les chirurgiens m'enlèvent à elle, comme ils l'avaient fait par le passé. Mais les réponses étaient toujours chirurgicales. Et puis, lorsque j'ai eu cinq ans, il y a eu le docteur Hauthier, le plus humain de tous les médecins que j'avais rencontrés. Il m'a considéré avec tristesse :

— Écoutez madame Perez, sincèrement je serais un charlatan si je vous proposais de faire opérer votre fils au stade où il en est aujourd'hui. Je comprends que vous ne vouliez pas l'appareiller, mais en même temps je ne vois pas d'autre solution. Personne ne peut aujourd'hui redresser ce pied, il est totalement formé. Écoutez, je vais quand même me renseigner pour voir s'il existe aux États-Unis ou ailleurs des méthodes qui pourraient l'aider. Revenez me voir tous les trois mois avec le petit Roland, on fera le point, concluait-il en me tendant une sucette.

Ma mère se sentait enfin en confiance, même si dans l'immédiat il ne lui proposait pas de solution.

Chapitre 4

Ma vie à quatre pattes

Mme Fleury avait raison, les années passaient et je continuais de balayer le lino bleu avec mes salopettes. J'en connaissais chaque rugosité, chaque irrégularité, la barre de seuil dans la cuisine qui m'écorchait les genoux, l'entrée dont le revêtement était patiné par les allées et venues incessantes et sur lequel, désormais passé maître en vitesse à ras du sol, je pouvais finir ma course dans des dérapages plus ou moins contrôlés. C'est là que tous les jours de la semaine je me plantais à l'approche des 4 heures de l'après-midi pour guetter l'arrivée de la smala. Viendraient les cris, les prises de bec, les chaussures volant aux quatre coins du couloir, les manteaux atterrissant en vrac sur les chaises de la salle à manger, le tout couvert par les cris de protestation de ma mère qui seule contre tous n'en demeurait pas moins la reine incontestée des décibels.

Le premier à franchir le seuil avec fracas était Richard.

— Richard ! La pooorte !

— Pa-pa-pardon.

Richard était mon aîné de deux ans. Je rêvais de le suivre à l'école, dans sa course à travers la cité, de dévaler les rampes des immeubles, chahuter avec des copains, me faire sermonner parce que mes souliers étaient pleins de boue. Toujours en mouvement, il descendait, il remontait, et vlan, reclaquait la porte. À ma grande satisfaction, il remontait souvent plus vite que prévu. Après l'école, et avec la bénédiction de ma mère, il avait pour habitude de rejoindre les autres garçons en bas de chez nous. Mais à peine était-il arrivé sur le bitume que celle-ci se mettait à hurler depuis la fenêtre du quatrième.

— Riiichard ! Tu remontes maintenant. Tout de suite !

Le pauvre était mortifié. Obtempérer était la seule façon qu'il avait de la faire taire.

— M-m-ais mm-maman, j-j-je viens juste de de-descendre. P-pou-pourquoi tu cries ?

— Je ne veux pas que tu traînes avec ces voyous, tu m'entends.

— M-m-mais...

La conversation tournait court car déjà ma mère était sur Jacques qui, à peine franchi le seuil, se faisait renifler l'haleine.

— Ouvre la bouche. Fais voir. Tu as encore fumé ? C'est pas vrai, il a encore fumé. Tu empestes, c'est une horreur ! Espèce de petit salopard. Quand je vais dire à ton père... tempêtait-elle en ponctuant ses paroles de coups de bassine rageurs sur le dos de mon frère.

Sous mon regard réjoui, le HLM se transformait en théâtre vivant. Venait le tour d'Edmond.

— C'est quoi cet argent ? Pourquoi tu as de l'argent dans les poches ? Tu l'as pas volé au moins ?

Puis ma grande sœur, Nicole.

— Pourquoi tu rentres si tard ? Avec qui tu étais ? Un garçon ? Je suis sûre que tu étais avec un garçon. C'est qui ? Il t'a embrassée ? Ne mens pas, je le vois.

J'étais fasciné. Son attention était focalisée sur chacun d'entre nous, sans distinction. D'une main elle nous tenait la bride à tous les six, tandis que de l'autre elle continuait à rouler ses boulettes pour le repas du soir. Ma sœur aînée, Jacqueline, bénéficiait d'un traitement particulier. C'était l'artiste de la famille, et mes parents fondaient tous leurs espoirs en elle : c'était sûr, un jour elle deviendrait une star. Pour ménager la future vedette, ils lui passaient tous ses caprices. Et si celle-ci avait un don particulier parmi d'autres, c'était celui de faire avaler des couleuvres à ma mère. Ma sœur avait estimé que Jacqueline était un prénom trop ringard pour une artiste et, le jour de ses seize ans, elle avait décrété que désormais elle s'appellerait Jessica. Ce qui bien sûr n'alla pas sans mal. Tiraillée entre méfiance et crédulité, ma mère la laissait sortir le soir malgré son jeune âge.

— Je sors avec ce photographe de *Télé 7 Jours*, tu sais. Il va me faire des photos.

— Mais ouiii, vas-y, vas-y...

Mon père était plus circonspect.

— Mais enfin, Esther, elle a seize ans ! Et puis c'est quoi ce pantalon ? Il est trop serré.

Rien n'y faisait. On n'allait tout de même pas mettre en péril un avenir aussi brillant. Et si elle revenait avec un contrat ?

Un des rituels du vendredi était les appels au Maroc pour donner les nouvelles à la famille.

— Mon Dieu, non, rien de nouveau pour Roland. Je vois un nouveau docteur la semaine prochaine... Richard ? Oui, je l'emmène toujours chez l'orthophoniste... Si tu voyais Jacques, le succès qu'il a. Touuutes les filles sont à ses pieds... Comme je me fais du souci pour Edmond, il a de mauvaises fréquentations... Et Nicole, oui, elle est si gentille... La grande nouvelle, tiens-toi bien, Jessica est inscrite au Petit Conservatoire de Mireille !

— Mais c'est qui Jessica ?

— Ben, Jacqueline !

— Alors pourquoi tu l'appelles Jessica ? Je l'appelle Jacqueline, moi !

— Oui, d'accord, Jacqueline...

— JESSICAAAA ! Je m'appelle Je-ssi-ca ! hurlait ma sœur depuis l'autre bout du couloir.

— Oh, je sais plus moi... Vous me rendez tous marteau à la fin.

Ma sœur au Petit Conservatoire de la chanson, parmi les plus grands... C'était la consécration. Tous les dimanches après-midi, la famille s'installait devant la télé en attendant l'émission. Cinq des « enfants » de Mireille allaient chanter en direct devant des millions de téléspectateurs. Passaient Alice Dona, Françoise Hardy, Julien Clerc... mais point de Jessica. Ce qui immanquablement mettait ma mère en rage.

— Mais pourquoi elle veut pas que tu passes à la télé ? Qu'est-ce qu'elle a celle-là ? Pourquoi tu lui dis pas ?

— Mamaaan...

Puisqu'on ne pouvait pas lui parler, on allait l'acheter cette petite dame. À l'époque mon père travaillait chez Boussac, une usine de confection de chemises de marque. Il n'aurait qu'à ramener trois chemises et on les enverrait à Mireille. Ce n'était pas plus compliqué que ça. On ne connaissait pas la taille. Qu'importe. Mireille avait-elle seulement un mari ? Forcément. En moins de temps qu'il ne faut pour le dire, les chemises furent empaquetées et expédiées à l'adresse de l'émission, « pour Mireille ». Mais les semaines passaient et toujours pas de Jessica à la télé.

— Dis, Jacqueline...

— Jessica

— Jessica. Tu as demandé à Mireille si elle a bien reçu les chemises ?

— Mais maman, elle ne me parle même pas. Juste on récite deux ou trois trucs ensemble et c'est tout.

— Tu lui demandes la prochaine fois.

Et voilà ma sœur, piteuse, qui se présente devant la directrice du conservatoire.

— Excusez-moi madame. Ma mère vous a envoyé un colis. Vous l'avez reçu ?

— Un colis de quoi ?

— De chemises.

— Ah c'était vous ! Oui je l'ai reçu, mais c'est pour quoi faire ?

— C'est pour votre mari... un cadeau, soufflait ma sœur dans un murmure, le regard arrimé sur les mocassins de Mireille.

— Mais j'ai perdu mon mari, mademoiselle !

Scandale de retour à la maison.

— Maman, regarde ce que tu m'as fait faire. On a envoyé des chemises à son mari mort. Je passe pour une dingue moi !

— Mais c'est quoi le problème ? Elle a qu'à les mettre, elle, les chemises !

— Mamaaan...

Mireille avait désormais une bonne raison de ne pas sélectionner Jessica pour l'émission. Et cela suffisait à ma mère. Elle qui avait juste besoin d'une explication, elle l'avait trouvée.

L'appartement était mon terrain d'exploration. À côté de la cuisine, il y avait le salon marocain où j'aimais me réfugier. C'était le domaine de ma mère qui y recevait ses amies. Recouvert de tapis et de tentures bariolées, encombré de poufs, de plateaux dorés et de verres à thé, c'était Casablanca dans quatorze mètres carrés. Mais ce petit bout de Maroc qui s'invitait dans notre HLM n'était pas du goût de tous. Pendant des années, il fut à l'origine d'une guerre de tranchées entre ma mère et mes frères. Comment lui faire comprendre que cette fantaisie était peut-être malvenue dans un appartement qui comptait cinq pièces et huit occupants. Car il n'y avait aucune place dans le cerveau de ma mère pour l'arithmétique et la logique quand il s'agissait de sa culture et de son histoire. Edmond, Jacques, Richard et moi étions entassés à quatre dans une seule chambre où chaque jour nous devions replier nos matelas pour avoir une chance d'atteindre la porte.

À deux, les filles s'en sortaient bien. J'aimais traîner dans leur chambre. C'était encore mieux que l'antre d'Ali Baba. Des trésors inouïs se dissimulaient sous leur lit : toute la collection des *Salut les copains* et des *Mademoiselle âge tendre.* Nicole, qui me choyait plus que tout autre, connaissait ma fascination pour ces magazines. Souvent, alors que je déambulais au hasard, elle m'attrapait au vol et, me coinçant sous son bras, elle m'emportait dans son univers enchanté. Nul besoin de s'occuper de moi, elle avait juste à me poser au pied du lit et à vaquer à ses occupations. Je pouvais passer des heures ainsi à feuilleter ces hebdos, à détailler la moindre photo, scruter la forme des robes, apprécier la perfection d'une boucle de cheveux tombant sur un visage. À chaque page, mon cœur battait. Qu'allais-je découvrir ? Est-ce que Sylvie Vartan serait sur la prochaine ? Je la connaissais grâce à Jessica. Au Petit Conservatoire, Mireille, qui ne partageait pas la foi de ma mère quant à l'avenir artistique de ma sœur, lui avait laissé croire qu'elle avait la même tessiture que Sylvie Vartan. En réalité, Mireille n'avait jamais compris comment cette jeune Bulgare, cette « collégienne du twist », pouvait faire carrière. Elle s'était sûrement dit que ces deux gamines étaient faites pour s'entendre. C'est comme ça que Jessica est un jour arrivée à la maison avec un magnétophone à bande sur lequel elle devait écouter les chansons de Sylvie. *Si je chante, c'est pour toi, c'est pour toi, oui pour toi.* Mais qui était cette fille qui chantait rien que pour moi ? Et puis je comprenais toutes les paroles, cela avait du sens ! Je ne voyais vraiment pas pourquoi mes frères s'entêtaient à écouter des chansons en anglais. On n'y pigeait rien. Quel intérêt ? Pourquoi pas de l'hébreu tant qu'ils y étaient !

Pendant que je compulsais les magazines à la recherche de la belle Sylvie, mes sœurs découpaient les fiches « beauté » qu'elles compilaient dans un classeur orange. J'apprenais au passage que pour les cernes, les tranches de concombre étaient ce qu'on faisait de mieux. Nicole, obsédée par son acné, s'appliquait des escalopes bien fraîches sur le nez qu'elle devait laisser pauser quinze minutes. Dans une contorsion, elle passait son buste par la fenêtre, le visage tourné vers le ciel, pour que le jus ne dégouline pas et que ma mère ne soupçonne pas le forfait. Comme si le pillage de son réfrigérateur pouvait échapper à Esther...

— NIIICOLE !

— Nicky ! C'est Nicky ! – après tout, il n'y avait pas de raison, elle aussi voulait changer de nom.

— Je m'en fiche Nicky, ou Nicole, ou qui que tu sois. Tu as encore volé mes escalopes pour faire tes âneries, là. Et tu crois qu'on va manger quoi, nous ? Des cailloux ? Tu files immédiatement chez M. Kriek me racheter de la viande. Mon Dieu, mon Dieu ! Mais qu'est-ce que j'ai fait pour mériter ces enfants...

Le samedi, la maison était pleine à craquer. Toutes les copines de Nicky débarquaient chez les Perez. Elles arrivaient l'après-midi, bien propres sur elles, jupe droite sous le genou, col Claudine et chaussettes hautes. Ma mère avait au préalable bien pris soin de rassurer leurs parents.

— Oui oui madame Bensaïd, ne vous inquiétez pas. Sabrina va dormir à la maison, les filles elles vont bien s'amuser. Je m'occupe de tout.

Un petit mensonge n'a jamais fait de mal à personne. Car ce que les parents ignoraient, c'est qu'avant de se coucher les filles en question avaient une permission de sortie. Il faut bien que jeunesse se passe et ma mère savait mettre en sourdine ses suspicions et ses menaces. Rien ne la comblait davantage que de faire plaisir aux enfants.

C'était un tourbillon de rires, de papotages, de cris de joie. Adieu les jupes en Tergal et les fades cardigans. Place aux minijupes et aux pantalons moulants ! Orange, vert, jaune, violet, je m'étourdissais de cette fabuleuse palette de couleurs.

— Qui a piqué mon petit pull blanc ? Rends-moi ça tout de suite ! hurlait Jacqueline dont l'armoire était pillée et qui tentait de sauver ce qu'elle pouvait des griffes peinturlurées des filles.

— Tu crois pas que ça me fait des grosses fesses ?

— Maman, on peut t'emprunter ton fard bleu ?

— Qui vient m'aider à fermer mon pantalon ? Attends, je m'allonge.

Ma mère, qui s'y connaissait en coquetterie, se laissait prendre au jeu :

— C'est pas un peu court, ça ? Bon, bon, d'accord. Tiens Hanna, ma chérie, prends mon collier, le rouge avec les grosses perles, ça va bien aller avec ta robe verte.

Et moi, charmé, les yeux pleins d'étoiles, je déambulais entre les jambes de toutes ces adolescentes qui se bousculaient devant le grand miroir du couloir. Chacune avait une attention particulière pour moi, un sourire, une caresse, un mot doux. Leurs conversations tournaient irrémédiablement autour des garçons. Je me cognais à leurs mots, leurs espoirs, leurs déceptions : *Mais pourquoi c'était grave qu'après être sorti avec elle, il ne rappelle pas ? On peut aller dehors sans forcément être obligé de rappeler, non ?* Je ne comprenais rien, mais j'étais le plus heureux des petits garçons.

Jamais je ne me suis senti différent, jamais dans le regard de ma famille je n'ai lu de pitié ni de peine. Tout leur amour, tellement immense, me portait et effaçait toute trace de tristesse ou de frustration. Je marchais dans ma tête, tout simplement. C'était mon domaine, j'étais comme tout le monde, même si je ne savais pas à quoi ressemblait le monde. Car on veillait bien à me protéger des regards extérieurs. Dehors, oui, j'étais différent. Toujours dans les bras de ma mère à cinq ans, je devenais un objet de curiosité pour les voisins, les commerçants et les autres enfants. Ma mère déployait toujours la même rengaine à destination de ceux qui l'interrogeaient, ne serait-ce que du regard :

— Vous savez, Roland il ne se plaint jamais, il se met devant la télé, il adore chanter, faire la conversation, il ne s'ennuie pas ! Et puis bientôt, il va marcher. On a rendez-vous avec un grand médecin qu'on nous a donné.

La foi de ma mère était plus vaste que l'océan. Elle me couvait toujours de son regard aimant, me cherchait des yeux en permanence. Son sourire me réchauffait tellement. Mais l'injonction était claire. Je ne devais pas marcher. On me le répétait à longueur de journée. Si je marchais, j'allais déformer mon pied davantage, et puis ma hanche. Ce serait commettre l'irréparable.

Chaque jour de la semaine, pendant que chacun s'affairait, ma mère, déjà pomponnée, gardait les yeux rivés sur le cadran de l'horloge de la cuisine. À 8 h 25 tapantes, sa voix résonnait d'un bout à l'autre de l'appartement.

— Les garçons on y va !

Mes frères avaient beau être au lycée, il n'était pas question qu'ils partent à l'école sans elle – *imaginez donc les mauvais garçons qu'ils fréquentent !* Le collège de mes sœurs étant plus proche, elles pouvaient s'y rendre par leurs propres moyens. Le temps de se pincer les joues pour y mettre de la couleur, de me couvrir de baisers et elles filaient cinq minutes plus tard. C'était réglé comme du papier à musique. J'observais ce rituel et je me disais que j'étais l'enfant préféré de la famille, un être d'exception, et que c'était pour cela que j'étais dispensé de la corvée de l'école. D'enfant reclus, je devenais un enfant privilégié. Mon père, lui, était parti depuis bien longtemps. Après sa nuit de gardiennage à Air France, il rentrait à 6 heures prendre sa douche, faisait un crochet à la boulangerie pour acheter du pain, nous préparait des monceaux de tartines beurrées avant de filer pour prendre son poste à l'usine. À 8 h 30, aussitôt la porte de l'appartement fermée à double tour, j'y collais mon oreille et j'attendais que les bruits des pas s'estompent. C'était mon moment. Je devenais seul maître en mon royaume. Les mains de part et d'autre des murs du couloir, j'employais toutes mes forces à me hisser vers le haut, en équilibre sur ma jambe gauche. Mon pied droit, sans talon, tout tordu et recroquevillé sur lui-même, pendait dans le vide comme un triste moignon. Mais cela n'avait aucune importance. L'espace d'un instant le couloir devenait le sentier de la gloire. J'étais debout !

Chapitre 5

Mon fils, un grrrand avocat !

Toutes ces années passées à l'écart du monde, soutenu et assisté par les autres, ont laissé leur empreinte en moi. Devenu adulte, il n'était plus question de me cacher. Il fallait que je m'affirme. Je deviendrais un homme indépendant et j'aiderais les autres comme on m'avait aidé. Ma carrière était toute tracée : je serais avocat. Mais pour Esther, je restais toujours ce petit garçon fragile qu'elle continuait de soutenir et de materner. Alors même que j'étais devenu un professionnel confirmé, elle m'appelait encore dans le train lors de mes déplacements :

— Surtout, chéri, tu fais attention ! Tu parles à personne.

Elle me rendait fou, j'étais obligé de déguerpir à l'autre bout du wagon pour que mes collaborateurs ne surprennent pas ne serait-ce qu'une bribe de cette conversation insensée.

Deux précautions valant mieux qu'une, le jour de l'examen du barreau elle a convoqué Dieu et ses saints à la rescousse. Depuis une semaine, elle allumait des bougies dans tout l'appartement en marmonnant des appels insistants sous l'œil amusé de mon père.

— Mais enfin Esther, t'es pas croyable. Normalement les gens ils font des prières pour demander de belles choses. Et toi tu demandes que les professeurs soient aveugles, qu'ils soient sourds ? C'est n'importe quoi.

— Oui, oui ! C'est ça. Aveugles et sourds ! Qu'ils entendent pas quand mon fils parle. Et que tout passe, comme ça.

J'étais atterré.

— Mais enfin maman, ça va pas bien ! Merci pour la confiance. Je peux quand même me débrouiller.

— Laisse-moi faire. Tu vas voir.

La veille de l'oral, elle m'a collé dans les pattes un portrait de Baba Salé.

— Qu'est-ce que tu veux que je fasse avec ça ?

— Il nous a toujours protégés. Il va t'aider pour ton examen. Tu le prends et tu le mets dans la poche de ta chemise. Là-devant. Sur ton cœur.

— Mais maman, c'est n'importe quoi.

— Mais prends je te dis. Qu'est-ce que ça te coûte, hein ?

Il était impossible de négocier avec Esther. Épuisé, j'ai fini par embarquer l'image.

Le jour J, après ma plaidoirie, je me retrouve devant le jury, prêt à être cuisiné. Ça s'annonce mal. La présidente, revêche, me balance son pavé :

— Parlez-moi de l'adoption.

Bouffée de chaleur, mains moites, je panique. C'est quoi cette question ?

— Heu... Vous voulez dire l'adoption des lois ou l'adoption des enfants ?

— C'est à vous de savoir, monsieur.

Le piège était grossier, malhonnête. Les membres du jury eux-mêmes semblaient interloqués. La garce avait apparemment décidé de me coincer. La question tourne dans ma tête, les enfants, les lois, les lois, les enfants… Je joue ma carrière à quitte ou double. Et là, je me souviens de Baba Salé, vieillard enturbanné sur sa petite carte. Comme le dit si bien Esther, qu'est-ce que ça coûte ? Discrètement, je glisse ma main sur ma poitrine et tapote le bout de carton calé dans ma poche. Allez Baba Salé, c'est le moment de montrer ce que tu as dans le ventre. Je me lance :

— Alors, l'adoption des enfants…

Je développe mon argumentation en tâchant de décrypter le regard de la professeure. Celle-ci reste impassible. À la fin de mon exposé, je la vois qui griffonne quelques notes de ses pattes de mouche. Le silence est interminable.

— Vous avez eu de la chance, monsieur.

Nom de Dieu, j'ai réussi ! Je me retiens pour ne pas embrasser le vieux barbu dans ma poche. Ivre de joie, je cours à la maison pour porter la grande nouvelle.

— Maman ! Ça s'est bien passé. Je crois que c'est gagné.

— Mais chéri, évidemment que tu as réussi. Je te l'ai dit : Baba Salé il allait s'en occuper.

Le jour de la prestation de serment arriva. Esther n'était pas peu fière : son petit Roland était avocat, le plus grand à n'en pas douter. Elle voyait déjà la plaque dorée gravée de mon nom en grosses lettres : « Maître Perez – Avocat. » Il n'y avait pas un quidam dans le quartier qui pouvait l'ignorer, à moins de vivre en totale autarcie au fond de sa cave. Pour la famille, c'était déjà réglé. Dès ma première année de droit, elle avait fait le tour des frères, des sœurs, des cousins, des cousines... Mon Roland, il est avocat ! Vous vous rendez compte, il est avocat !

Lorsque je la vis arriver à la porte de l'imposante première chambre d'appel de Paris, flanquée de mon père et de mes sœurs, je n'en crus pas mes yeux. Elle portait une robe portefeuille rose à motif panthère agrémentée d'un manteau de renard argenté négligemment jeté sur ses épaules. Il faisait près de trente degrés dans la salle, mais qu'importe, ce n'était pas ce détail qui allait gâcher cette occasion d'exhiber cette merveille. Pour souligner sa tenue elle avait sorti ses bijoux les plus clinquants : colliers, bracelets, broche, bagues et boucles d'oreilles, tout y était. Évidemment, son maquillage n'était pas en reste : rouge à lèvres fuchsia, pommettes et paupières à l'avenant. Dans cette assemblée solennelle, au milieu des robes noires et des costards bleu marine, l'effet était saisissant. Regardez-moi bien, je suis la maman de Roland ! Bingo ! Ça n'échappa à personne. Superbe et dédaigneuse, elle lorgnait avec hauteur les autres jeunes avocats venus également en famille. Non, tout le monde n'était pas là pour célébrer son fils. Ces imbéciles ignoraient-ils donc qu'il était le plus exceptionnel d'entre tous ?

Quand j'ai reçu mon diplôme, j'en ai fait une copie et remplacé mon nom par celui d'Esther. Elle était stupéfaite.

Certificat d'aptitude à la profession d'avocat : Mme Esther Perez.

— Heein ! Ils le donnent aussi aux parents !

— Non, pas à tous les parents. Juste ceux qui ont porté leur enfant, comme toi.

— Ah bon ? On devient avocat comme ça ?

— Ben oui, tu vois bien.

Pétrifiée, elle regardait son diplôme.

— Oooh... Tu te fous de moi. Tu l'as trafiqué.

— Oui, maman, je l'ai trafiqué. Mais tu le mérites amplement.

Émue, elle m'a serré dans ses bras.

— Non chéri, c'est toi qui as tout fait. Tu as travaillé jour et nuit pour ça. Moi j'ai juste été là pour te soutenir, comme tous les parents font.

Puis, quand même, après réflexion :

— Maaais bon, c'est vrai que j'ai participé. C'est vrai. Je mérite.

Joignant le geste à la parole, elle a affiché son certificat en bonne place sur le mur de la salle à manger.

Le diplôme n'était pas tout. Il me fallait maintenant apprendre les codes du métier. Mon premier entretien se révéla un total fiasco. J'avais été recommandé par une amie de l'Union des jeunes avocats auprès d'un prestigieux cabinet spécialisé en responsabilité médicale. Et c'est visiblement de mauvais gré que le maître des lieux, cigare au bec et costume taillé sur mesure, m'accueillit. J'avais soigneusement préparé mes arguments, mais je n'eus pas l'occasion d'ouvrir la bouche.

Devant moi, il parcourut mon CV en grommelant pour me faire aussitôt savoir que je ne ferais pas l'affaire :

— Quelque chose vous gêne dans mon CV ?

— Vous n'avez qu'un diplôme d'avocat.

— Oui... Et, ça ne suffit pas ?

— Vous n'êtes pas diplômé d'une grande école de commerce ?

— Heu... non. Pour quoi faire ? Je veux juste être avocat.

Il me toisa et adopta un ton condescendant pour me signifier que j'aurais du mal à trouver une collaboration. Mon ascension vers la grande carrière d'avocat démarrait en rase-mottes. Il me fit un sermon sur la nécessité de briguer un troisième cycle ou a minima *un cursus dans une grande école si je voulais avoir la chance d'exercer dans un grand cabinet. Je l'écoutais, penaud. Alors que je m'apprêtais à sortir, la tête basse, il m'interpella pour me demander quelles étaient mes prétentions salariales. Avec ma fierté piétinée, je n'allais pas en plus réclamer des fortunes. J'aurais même été prêt à le payer pour avoir ce poste. Je répondis donc que je n'avais aucune prétention. J'étais furieux de ne pas avoir fait preuve de plus de fermeté, de ne m'être pas davantage préparé à ses questions. Il m'avait écrasé comme une galette de pain azyme. Mes autres tentatives pour décrocher une collaboration ne furent pas plus fructueuses. J'étais au fond du trou. À quoi bon toutes ces études si c'était pour me retrouver le nez dans le caniveau ? Deux semaines plus tard, ce même avocat me rappela pour me dire qu'il avait auditionné d'autres jeunes prétendants, tous bien plus diplômés que moi. Quelle blague ! S'il me rappelait pour me dire que j'étais recalé, c'était bon, j'avais pigé. Mais à ma grande surprise, il continua en me disant que ces « trous du cul » qui ne connaissaient rien au métier avaient osé lui réclamer une rémunération précise. J'avais été le seul, selon lui, à avoir eu la bonne attitude. Le poste était à moi. Et, en plus, payé au tarif que « ces petits prétentieux » avaient osé lui demander.*

Dès mon premier jour de travail, mon cri de joie a bientôt viré au râle d'agonie. Je suis arrivé de bonne heure avenue Raymond-Poincaré, le big boss, lui, n'arrivait jamais avant la fin de la matinée. Mais je savais ce que j'avais à faire. Une pile de dossiers m'attendait et je devais téléphoner à droite et à gauche pour récupérer les pièces manquantes. Un travail de scribouillard, mais il fallait bien commencer quelque part. La jolie blonde souriante que j'avais aperçue la première fois n'était pas à son poste. À la place, je fus accueilli par une vieille secrétaire revêche qui m'avait manifestement pris en grippe. Mon pantalon en cuir et mon pull rose ne faisaient sans doute pas assez vieille France à son goût. Elle me conduisit à mon bureau, qui tenait plutôt du cagibi. Une petite fenêtre munie de barreaux, une planche de bois en guise de table de travail derrière laquelle je devais me faufiler en rasant le mur. Les dossiers m'attendaient là. Mais pas de téléphone. Vu que mon boulot consistait principalement à téléphoner, je dus prendre mon courage à deux mains pour aller de nouveau interrompre la harpie. Elle consentit à ce que j'emmène celui d'Émilie, sa pétillante collègue, en me précisant que celle-ci n'arrivait pas avant 11 heures. Je partis donc me calfeutrer dans mon placard avec l'appareil. Brutalement, vers 10 h 45, un cri strident déchira le silence du cabinet. Mes cheveux se sont dressés sur ma tête. J'étais propulsé dans Scream, *mon heure était venue. Tout le monde se faisait massacrer et j'étais le prochain sur la liste. Je fais quoi ? J'y vais ? Et si un type m'attend avec une tronçonneuse ? Je rassemble tout mon courage et cours vers le carnage. Et là, dans la salle de réunion, je vois Émilie étendue sur le sol, hurlante, une grande plaque de marbre couchée sur sa jambe. Je me précipite pour la libérer, mais la plaque est trop lourde, se soulève à peine.*

— Mais tirez-la. Sortez-la ! je braille à la virago qui a surgi dans la pièce.

Elle n'y arrive pas. S'empêtre dans sa jupe cintrée. C'est le drame, la plaque va retomber sur la jambe d'Émilie. Des collaborateurs finissent par arriver et on parvient à la libérer. Elle est presque inconsciente quand les pompiers interviennent. Je suis tremblant, en nage. À côté de moi, la secrétaire reste digne, le balai qu'elle a dans l'arrière-train n'a pas bougé d'un millimètre, pas un cheveu ne dépasse.

— Elle va mourir, c'est sûr.

— Pardon ?

— Déjà qu'elle a une santé fragile. Elle va y passer. Et c'est vous qui l'avez tuée !

— Quoi ?!!

— Ben oui, vous avez pris son téléphone, elle a été obligée de venir là pour attraper l'appareil rangé derrière la plaque. Et voilà le résultat. C'est vous l'unique responsable, monsieur.

La garce ! Et je l'ai crue en plus. Hagard, je suis descendu trouver une cabine pour appeler mon amoureuse.

— Litzie, Litzie ! J'ai tué quelqu'un. C'est mon premier jour et je vais aller en prison, bredouillais-je.

Ma vie était fichue, j'étais le tueur de l'avenue Poincaré, l'assassin du barreau. J'imaginais déjà Esther venir me visiter tous les jours à la Santé pour apporter des pâtisseries à mes codétenus. Litzie a réussi à me raisonner et quand j'ai enfin osé me présenter devant lui, maître Leclere, plutôt que d'appeler la police, m'a confirmé d'une tape sur l'épaule que je n'étais pour rien dans cette mésaventure. Les seuls barreaux qui m'attendaient étaient ceux de mon cagibi au fond du cabinet.

J'ai vite été adopté. L'avocat était agréablement surpris de mon aplomb. J'arrivais à lui dégoter des pièces de dossier auxquelles nous n'avions normalement pas accès. Pour ça j'avais une botte secrète. J'employais tout mon talent de comédien, je pleurnichais, je les apitoyais, grimaçais, mettais ma vie entre leurs mains. C'était Louis de Funès dans Le Grand Restaurant, *le digne rejeton d'Esther au meilleur de sa forme. Je l'avais tellement observé son cinéma avec Mme Fleury que je le faisais mien. Sans jamais rien dévoiler de mes ficelles, j'ai vite acquis la confiance de mon patron. Il m'a confié des dossiers, puis des plaidoiries. Au bout de deux ans, j'étais prêt à réaliser mon rêve et ouvrir mon propre cabinet. Avec à mes côtés deux collaboratrices de choc : Litzie, l'amour de ma vie, et Esther, qui depuis plusieurs mois me harcelait pour qu'on ouvre « notre » cabinet.*

Chapitre 6

Le dieu d'Esther

Puisque la médecine était impuissante à guérir mon pied, on allait faire appel au thérapeute suprême. 24 heures sur 24 et sans rendez-vous, Dieu et ses saints étaient sommés par Esther d'apporter une solution à mon mal. Elle leur avait dressé un autel, en réalité une petite planche sur le radiateur de la salle à manger. Au milieu des bougies trônaient quelques portraits en couleurs. Il y avait ce vieux type aux joues rondes et à la grande barbe blanche, Rabbi Meïr Baal Haness, le faiseur de miracles. Les yeux baissés sur les livres sacrés, il me semblait toujours qu'il était en train de se pencher sur mon cas. À côté se dressait Haïm Pinto, avec son drôle de fichu sur la tête, et puis il y avait celui avec un nom rigolo et un long nez busqué, Baba Salé. Une triade magique censée intercéder en ma faveur avec l'aide du maître suprême, Hachem. Je passais des heures à les contempler, bien sagement assis par terre pour ne pas les contrarier. Disposée au centre de ces gravures, devant un rouleau de la Torah, une photo en noir et blanc représentait une femme aux yeux clairs et à la bouche fine. Elle était vêtue d'une longue jupe et ses cheveux étaient dissimulés sous un foulard sombre.

J'aimais son regard, empreint de douceur et d'humilité. C'était ma grand-mère, Hanina, disparue avant ma naissance. À ses côtés, dans un caftan rayé, se tenait mon grand-père Isaac, le rabbin. Fixant l'objectif d'un air déterminé, il inspirait le respect au premier regard. Mon grand-père sorcier. Le jour de ses trente-cinq ans, en rentrant de la synagogue, il avait annoncé la terrible nouvelle à sa femme : il allait mourir le jour même, à la tombée de la nuit. Quand le crépuscule est venu, il a dit au revoir à ses dix enfants, a fermé les yeux et s'est endormi pour toujours. Ma mère me racontait qu'il était mort parce qu'il était allé trop loin dans l'étude de la kabbale, approchant de trop près le Grand Mystère. Ce qui n'avait sans doute pas plu à Dieu. J'imaginais grand-papa flotter au-dessus de son lit dans sa grande tunique blanche, montant au ciel porté par un long faisceau de lumière. Ça me foutait les jetons, comme dans *Les Envahisseurs* quand un type se faisait enlever par une soucoupe volante. Je me promettais de ne jamais chercher à approcher la kabbale. C'était quoi d'ailleurs la kabbale ?

Pour shabbat, à la tombée de la nuit, le mausolée du radiateur était tout illuminé par les bougies qu'allumait Esther. Il flottait comme un parfum de merveilleux dans la pièce. Je m'attendais à voir les trois rabbins enturbannés prendre vie dans la semi-pénombre. Leurs yeux semblaient s'animer et suivre mes mouvements.

— Maman, y a rabibalanèss qui me regarde.

— C'est bien, c'est bien mon chéri. C'est parce qu'il s'occupe de toi. Tu vas voir, il va faire le miracle. *Là yatioum mzal.*

Elle fermait les yeux devant la lumière des flammes et implorait les saints de me venir en aide. *Faites que mon fils il puisse marcher*. Elle pouvait rester une heure ainsi à se prosterner devant ces gravures, invoquant le mérite, le *srour*, de chacun d'entre eux et les suppliant en version bilingue d'accomplir le miracle. Si j'étais la guest-star de ses prières, elle n'en oubliait pas pour autant le reste de la famille. Elle arrivait devant Dieu avec tous ses dossiers : *faites que mon mari ait la santé, que Jacqueline décroche un contrat, et le petit il mange rien, et Edmond il a de mauvaises fréquentations, et les résultats de Nicole à l'école... faites ce que vous pouvez, hein ?*

C'était normal pour nous de la voir ainsi s'entretenir avec le Grand Patron, elle aurait été en train de faire les poussières que ça aurait été pareil ! Mon père lisait le journal juste à côté, les filles se crêpaient le chignon comme à leur habitude, la voix éraillée de James Brown résonnait depuis la chambre de mes frères... Rien ne la dérangeait. Une fois le rituel accompli, elle poussait un gros soupir :

— Voilà. C'est fait ! Qui veut des boulettes pour ce soir ?

La libre et fantasque Esther avait une manière bien à elle de vivre sa spiritualité.

Sa communication avec Dieu et ses saints ne se limitait pas aux jours de shabbat. La hot line était ouverte en permanence. En cuisinant, en passant l'aspirateur, ou lorsque chaque matin elle venait embrasser mon pied et contrôler s'il ne s'était pas redressé par magie, elle avait toujours une prière aux lèvres. Lorsque je l'écoutais, elle augmentait le volume et regardait dans ma direction pour que je sache bien qu'elle œuvrait sans relâche à ma guérison. Les larmes aux yeux, elle implorait : *Hachem, Hachem, envoie-moi un signe, un traitement magique, que mon fils le reçoive. Là yhfed ouladi. Je te demande le miracle pour mon fils, qu'il puisse marcher comme les autres enfants, que personne ne le regarde. Hachem, Hachem. Là yatioum srah !* Je ne comprenais pas tout mais je sentais bien que ça négociait ferme et que tout cela tournait autour de moi. J'étais entre de bonnes mains. Ça suffisait à me réconforter. Je m'inquiétais un peu parfois quand elle se mettait à les engueuler parce qu'une énième visite n'avait rien donné, parce qu'ils ne lui répondaient pas ou parce qu'ils la laissaient se prendre les pieds dans le fil de l'aspirateur pendant leur communication. *Les dispute pas, maman. Après ils vont plus vouloir s'occuper de moi !* Les moments où leurs relations avaient le plus de plomb dans l'aile, c'était quand elle téléphonait à tante Paulette :

— On a encore vu ce médecin, un voleur, il a rien pu faire pour Roland…

— …

— Comment ça si Dieu le veut ? Mais y veut plus, tu vois bien ! J'ai tout fait avec lui. Combien je peux encore prier, combien je peux le supplier ? J'allume tellement de bougies, j'invoque nos ancêtres, je vois les rabbins, je vais au pèlerinage. Combien encore ? Tu vas me le dire ! J'ai plus d'idée. Je comprends pas, Dieu il est sourd, il m'entend pas, il me voit pas !!! Je sais pas ce qu'il fait !

— …

— Pourquoi c'est pas le moment ? C'est quand le moment alors ?!

— …

— Mais non je crie pas sur toi !

Et moi je me cachais, espérant échapper au courroux de Hachem.

Mais malgré ces quelques emportements, jamais Esther n'a douté. Pour appuyer ses prières et remercier les saints, elle se rendait chaque année en Israël à Netivot pour *hiloula*, le pèlerinage autour du tombeau de Baba Salé. Elle en revenait avec d'énormes cierges, trop grands pour nos chandeliers, qu'elle collait par terre dans des assiettes.

— Tu vas foutre le feu à l'appartement, Esther ! hurlait mon père qui se levait plusieurs fois dans la nuit pour aller contrôler si les bougies n'étaient pas déjà en train de consumer les tapis.

— Mais non, mais non. Ne t'inquiète pas mon chéri, Baba Salé nous protège. C'est pour le miracle.

Le miracle dont elle parlait à tout le monde, sauf à l'assistante sociale, de crainte d'être prise pour une illuminée, allait arriver, ce n'était qu'une question de temps.

Chapitre 7

La carte postale

Le miracle s'est présenté sous la forme d'un chameau. Nous étions un vendredi matin, ma mère rentrait des courses, les bras chargés de provisions pour shabbat et une pile de courrier que la concierge lui avait coincée sous le menton.

— Bmmmemmechkpala !

— Bonjour maman !

Depuis mon poste d'observation à ras de terre, je la regardais poser ses sacs, dont le contenu se répandait en vrac sur la table, se débarrasser de son manteau et commencer à dépouiller les nouvelles du jour. Et là, silence. L'image se fige et Esther se métamorphose en statue de sel. Les factures, le catalogue Phildar et les dernières promos Prisunic glissent, comme au ralenti, le long de ses jambes pour venir former un puzzle coloré à ses pieds. Les yeux rivés sur elle, je n'ose plus bouger. Est-ce que la foudre va s'abattre sur nous ? Est-ce que les murs vont se lézarder ? Les yeux de ma mère sont brillants. Devant son nez elle tient une carte postale représentant un chameau marchant dans les dunes aux côtés d'un Berbère à la tête entourée d'un chèche. Je vois bien qu'elle la lit, la relit.

Et soudain, l'explosion. Bruit de sirène, youyous, la voilà qui virevolte dans le couloir comme une toupie. Est-ce que maman est vraiment toute seule pour faire tout ce ramdam ? La voilà qui se précipite vers moi, me soulève de terre et me serre, serre, serre. Si fort que je ne peux plus respirer. J'étouffe sous ses baisers et je ris. Je ris de ses rires et je pleure de ses pleurs, je sais qu'elle est heureuse. Je ne comprends pas sa mélopée, rien que des mots arabes dans lesquels je ne peux que distinguer le nom d'Hachem qui revient comme un mantra.

— Mon chéri, chéri, Mchikpara, mon trésor, mon tout-petit. C'est le miracle, il est arrivé. Tu vas marcher mon petit garçon. Il va marcher mon Mchikpara. Regarde la carte postale, c'est ton oncle Sam, de Casablanca. Il nous a trouvé un docteur ! Merci, mon Dieu ! Tu m'as enfin entendue !

Ma chère sœur,

Nous avons trouvé l'adresse d'un médecin qui pourra soigner Roland. Une petite fille chez nos voisins vient de revenir de France. Elle avait le même problème que Roland et elle a été soignée par ce docteur.

Voilà son adresse :
Docteur Vergepoche
34, rue Galvani, Paris 17^{e}

Tiens-nous au courant,
Des baisers de Casa

Quoi ? C'est tout ? Un médecin ? Encore un médecin ! Ça veut dire quoi soigner ? On va encore me torturer, me faire des piqûres, pire, des opérations ?

Je ne comprends pas, je ne veux plus de médecins. Mais ma mère est tellement heureuse que je ne veux pas lui gâcher cet instant. Alors je souris, je me tais. Je la vois qui court vers le radiateur aux bougies pour faire claquer des baisers bien sonores sur le nez de Baba Salé et de toute la clique en les remerciant comme jamais elle ne l'avait encore fait.

Elle n'y tenait plus, il fallait qu'elle partage la nouvelle. Encore des heures avant que Maklouf rentre du travail. *Allô Lisa ! si tu savais... C'est le plus beau shabbat de ma vie ! Flora ? Descends tout de suite. Allô Paulette ? Le miracle, oui, le miracle.*

Puis la famille arriva enfin. Mon père n'avait pas encore franchi le seuil que déjà elle lui criait :

— Maklouf ! Roland il est guéri. Il est guéri ! Merci mon Dieu !

— QUOI ?

— Le miracle il est arrivé, mon fils il est guéri.

Interloqué, mon père jeta un œil soupçonneux derrière l'épaule de son épouse, dont même le brushing était de guingois. J'étais toujours là, le cul tranquillement posé sur le lino, en train de colorier des moustaches sur un poster de France Gall.

— Mais qu'est-ce que tu racontes Esther chérie ?

— C'est mon frère Sam, MON frère ! Il a trouvé un docteur, j'ai l'adresse.

— T'es sûre ? T'es sûre que c'est une vraie adresse ?

— Évidemment que c'est une vraie adresse. Tu crois quoi ? Que mon frère y sait pas écrire ? Que c'est un imbécile ? Comme ton frère ? Tiens lis, liiiiis. Non, touche pas, va te laver les mains d'abord. Jacqueline ! Viens vite recopier l'adresse dans mon carnet.

Le petit bout de carton avec son chameau dessus était devenu une sainte relique que ma mère n'a pas lâchée jusqu'au lundi. Dieu avait mis le temps, mais il s'était enfin décidé.

Chapitre 8

Esther aux pieds d'argile

Esther était notre roc, notre lumière. Nous baignions dans sa pensée magique, prêts à affronter toutes les épreuves, avec la certitude que la vie est un cadeau, que souhaiter le meilleur est la garantie d'obtenir le meilleur. Esther, la bien nommée. Dans la tradition biblique, cette reine, célébrée lors de la fête de Pourim, sauve le peuple juif de l'extermination par le vizir Haman, serviteur du roi de Perse. Pour toute la communauté, elle incarne le courage et la détermination. Ça ne pouvait pas mieux tomber.

Notre reine à nous a pourtant connu ses coups de mou. Lorsque j'ai eu quatorze ans, Edmond et Jacques avaient déjà quitté la maison, Jessica travaillait, Nicky était à la fac, Richard et moi grandissions... Chacun vivait sa vie. Elle, qui comme la déesse mère Kali aux multiples bras avait jonglé avec nos caprices et nos extravagances, portant un soin égal à chacun d'entre nous, se prit la réalité sur le coin du museau. Une dépression post-partum à retardement. Bientôt les deux derniers partiraient. Que deviendrait sa vie ? De qui allait-elle s'occuper maintenant ? En rentrant de l'école, je la surprenais parfois assise dans un fauteuil, le regard perdu par la fenêtre, distraite, fatiguée. Je ne reconnaissais plus ma mère. Je voulais m'occuper d'elle, lui rendre ne serait-ce qu'un infime partie de tout ce qu'elle m'avait donné. Je l'ai prise dans mes bras.

— Maman, Mchikpara, ça va aller.

Je l'avais tellement entendu ce nom, il était pour moi synonyme d'amour et de réconfort. Elle l'employait indifféremment pour chacun d'entre nous, dès lors que nous entrions dans son champ de vision. Jacques Mchikpara, Nicky Mchikpara… Gamin, je pensais même que c'était notre nom de famille. Mais lorsque j'ai voulu l'utiliser elle a bondi sur ses deux jambes :

— Mon Dieu chéri ! Ne dis pas ça, ne dis jamais ça !

J'appris ainsi que « mchikpara » signifiait en dialecte marocain « je te donne ma vie ».

— Mchikpara, s'il t'arrive quoi que ce soit je te donne ma vie, ma vie plutôt que la tienne. Mais un enfant ne donne pas sa vie à ses parents ! Jamais !

Un jour, Nicky est arrivée en disant qu'elle projetait un périple aux États-Unis avec sa grande copine, Clara. Si elle s'imaginait que ma mère allait les laisser partir seules sur les routes, à la merci des satyres et des tueurs en série, elle se fourrait le doigt dans l'œil.

— Mais, maman, s'il te plaît. Je rêve d'aller là-bas.

— Ah mais tu vas y aller !

— Mais tu disais que…

— Tu vas y aller ma chérie. Mais je viens avec vous. Et oui, j'ai rien à faire de toute façon. Je viens avec vous.

— Quoi ?! Mais maman… tu as les petits. Et papa ?
— Je m'en fous ! Je n'en peux plus là. Vous voyez bien que je n'en peux plus, j'y arrive plus. Laissez-moi partir.

Délaissant sa popote, ses gosses et son HLM, Esther s'est retrouvée à sillonner les routes américaines à bord de cars « Ground », laissant des inconnus poser leurs têtes ballantes sur son épaule. New York, Detroit, Denver, jusqu'à Los Angeles où elle s'est acoquinée avec des Juifs marocains dont elle avait réussi à obtenir l'adresse. Elle a suivi les filles dans leurs moindres faits et gestes, les accompagnant même dans les bars le soir. Parfois c'est elle qui tapait dans l'œil d'un Américain en goguette. « Parce que certains hommes aiment les rondes », comme le soulignait délicatement Nicky. Mais les pauvres hères qui osaient l'approcher se faisaient cueillir par une flopée d'insultes en dialecte marocain.
— Qu'est-ce qu'il me veut celui-là ? Mais dis-lui toi que j'ai six enfants ! SIX !
Mais au fond d'elle-même elle frétillait. Oui, elle pouvait encore plaire. La révolution était en marche. Mon père n'en est pas revenu. Le jour du grand retour, nous étions tous à la fenêtre, guettant l'arrivée du taxi. Les deux filles sont descendues, chargées de paquets, suivies de près par une improbable apparition. Une femme à la perruque blonde méchée, outrageusement maquillée, revêtue d'un pantalon, d'une grande cape noire et d'un Stetson.
— Heu… mais c'est qui là avec ta sœur ?
— Ben c'est maman.
— Mais non, qu'est-ce que tu racontes ! La dame, là, qui allume sa cigarette.

— Je te dis que c'est maman. Je ne comprends pas non plus, mais c'est maman.

Mon père épouvanté s'est rué vers l'ascenseur pour accueillir cette hallucination venue d'outre-Atlantique. Pas de doute, c'était bien son épouse.

— Mais Esther, chérie, qu'est-ce qui se passe ? Pourquoi tu t'es déguisée ?

— Ah bah merci ! C'est comme ça que tu m'accueilles ? Mais je suis pas déguisée, qu'est-ce que ça veut dire ça. Juste je suis plus la même ! C'est comme ça. Les gens changent dans la vie. Il va falloir t'y faire.

Elle en avait plein la bouche de son voyage.

— Il faut voir les femmes là-bas ! Vous dites que je suis grosse ? Eh bien allez-y faire un tour. Là-bas je suis Jane Birkin !

Et elle nous a déballé ses photos.

— Mais... maman, c'est quoi ça.

— Ben quoi, quand les gens marchent dans la rue, moi je prends des photos.

Sur tous les clichés on distinguait soit le bitume de New York, soit ce qui ressemblait à une plage de Californie, avec au centre, en gros plan, une gigantesque paire de fesses.

Le Stetson et les Marlboro furent rapidement enterrés. Mais Esther avait changé. Fini la marmaille et la popote. Elle allait enfin pouvoir penser à elle. Quand mes frères se marièrent, leurs épouses allaient vite le comprendre :

— Vous savez que vous êtes toujours les bienvenus ici. Je vous fais à manger quand vous voulez. Vous venez tous les shabbats si vous voulez. Mais je ne serai pas

votre baby-sitter. C'est fini, les enfants. Si tes parents à toi ils les veulent, qu'ils les prennent, on va pas se disputer. Moi, j'ai tout donné. J'ai tellement tremblé pour mes petits, j'ai plus la patience pour les vôtres. Maintenant je m'occupe de moi.

Mais ce qui n'avait pas changé c'était son attachement sans faille à ses enfants. En tant que cadet, je fus le dernier à quitter l'antre d'Esther. J'étais terrifié à l'idée de l'abandonner. Je ne pouvais décemment pas vider mes placards et traîner l'air de rien mes valises jusqu'à la porte, sous son regard éploré. Ça allait la tuer. Pourtant, la date de mon mariage était fixée, Litzie était enceinte, il était temps de couper le cordon. Mais pour ça, j'ai choisi un couteau émoussé. Notre nouvel appartement n'était pas prêt, c'était le prétexte idéal. En attendant, Litzie ne voulait pas vivre chez mes parents. Bien sûr, je refusais d'aller chez les siens. Alors, après la nuit de noces, chacun est retourné chez soi. Jackpot pour Esther. Son petit dernier, sa fierté, était marié, et en plus il restait au nid. On a le temps ! On a le temps ! C'était devenu sa ritournelle. Quand Litzie passait et qu'on abordait le sujet :

— Mais on a le temps pour les travaux ! On verra après l'été ! On a le temps !

— Oui, mais maman, je suis marié maintenant. Et Litzie est enceinte. Je vais être papa.

— On a le temps, on a le temps !

Finalement je suis parti un soir en lui disant que j'allais dormir dans notre appartement, et je suis sorti comme ça, sans valises, en laissant mes affaires derrière moi.

— À demain, maman. Je passe déjeuner.

— Oui mon chéri, à demain.

Pour noyer le poisson, je passais tous les jours. Et plutôt que de me montrer avec une valise, j'ai préféré racheter une garde-robe complète. Après six mois de ce manège, c'est elle qui s'est rappelée à moi :

— Dis, chéri. Quand est-ce que tu penses me débarrasser la chambre du bout ?

Ma manœuvre avait été purement symbolique, mais je crois bien qu'elle lui a réchauffé le cœur.

Chapitre 9

Mme Vergepoche

Très vite il fallut se rendre à l'évidence. Il n'y avait aucun docteur Vergepoche dans les pages jaunes.

— Mais tu es sûre Jacqueline ? Tu as bien regardé ?

— Jessica

— Oui, oui, Jessica. Cherche encore, il doit bien être quelque part ce monsieur.

— Y a rien je te dis. J'ai regardé partout.

Mais on n'allait évidemment pas s'arrêter à ce détail. Dès le lendemain, je traversais Paris dans les bras de ma mère qui, pour l'occasion, arborait son plus beau brushing. Puisqu'elle avait l'adresse, elle était bien résolue à forcer la porte de notre sauveur. Et voilà la pauvre Esther, ahanant sous mes vingt kilos, en train de fouler l'épais tapis qui recouvrait l'escalier de cet immeuble cossu du 17e arrondissement.

— Noon, c'est pas là non plus. Maman va faire une petite pause, hein Mchikpara. Allez, encore un étage. Mon Dieu, mon Dieu... Y en a encore combien comme ça...

Quand soudain, devant une porte à double battant du cinquième étage, apparut un paillasson vert olive sur lequel se détachaient deux lettres dorées : B. V.

Comme dans Bernard ou Balthasar Vergepoche ? La victoire à portée de main. Un coup de sonnette. Des pas qui s'approchent. Deux cœurs qui battent à l'unisson. Et la porte s'ouvre à la volée sur une grande femme sèche et brune, chignon vissé au sommet du crâne et lunettes en écaille noires sur le bout du nez.

— Oui, c'est pour quoi ? lâcha-t-elle brusquement.

— Bonjour madame, pardon de vous déranger, on est venus sans rendez-vous, on vient voir le docteur Vergepoche, c'est pour mon fils.

— Il n'y a pas de docteur ici !

— Comment ça, pas de docteur. Et c'est quoi ce V-là ?

— C'est MONSIEUR Vergepoche !

— Ah d'accord. Alors M. Vergepoche.

À la moindre émotion ma mère montait tout de suite dans les aigus.

Silence de l'autre côté de la porte. Regard scrutateur. Et la sentence :

— Il est mort M. Vergepoche !

J'ai vu ma mère se décomposer. Elle m'a lentement déposé sur une marche et s'est effondrée en larmes à mes côtés, la tête dans ses mains.

— Mon Dieu, c'est pas possible. Vous étiez ma dernière chance.

C'était la première fois que je la voyais pleurer, pour de vrai je veux dire, rien à voir avec la comédie qu'elle jouait à Mme Fleury. J'ai été si choqué que je me suis mis à pleurer avec elle. Décidément, le miracle avait du plomb dans l'aile. Mais derrière la silhouette sévère de la bonne femme du cinquième, il y avait un cœur qui battait. Touchée par le spectacle, elle nous a recueillis dans son appartement où ma mère lui a tout déballé, le pied bot, les opérations, les humiliations, les fins de non-recevoir… À la fin de ce feuilleton catastrophe, elle a pris la parole.

— Je comprends. Mon mari, en tant que rebouteux, a soigné beaucoup de cas comme celui-là. Mais comme je vous l'ai dit, il n'est plus de ce monde. Cependant… je vais essayer de vous aider. Je l'ai vu faire, je l'ai assisté pendant plus de trente ans, je peux tenter quelque chose.

À ces mots, j'ai cru que ma mère allait bondir par-dessus la table pour étreindre Mme Vergepoche.

— Merci mon Dieu ! Merci ! C'est le ciel qui vous envoie madame. Vous êtes un ange, vous nous sauvez la vie. Écoute Roland, Mchikpara, madame va nous sauver. Tu vas bientôt marcher.

L'autre stoppa net ces effusions.

— Je vous arrête tout de suite madame. Ne vous emballez surtout pas ! Il n'y a aucune garantie que ça marche, je vous le répète encore une fois, je n'ai jamais fait ça.

— Oui, oui. Tout ce que vous voudrez. Mon tout-petit, mon Mchikpara, il va marcher. Merci, merci mon Dieu.

C'est ainsi que Mme Vergepoche entra dans ma vie. Elle qui s'apprêtait à déménager pour commencer une vie de veuve paisible dans l'Hérault renonça à ses projets pour me soigner. J'étais le dernier enfant dont elle s'occuperait, et dont elle s'occuperait seule. Le pari était fou.

— Bon, maintenant vous allez m'écouter bien attentivement. Il va vous falloir faire TOUT ce que je vais vous demander, c'est compris ?

— Oui ! Touuuut ce que vous voudrez.

— Je vais lui fabriquer plusieurs corsets et des attelles. Il vous faudra lui en mettre de différents le jour et la nuit. Ce sera contraignant pour vous, mais surtout pour lui. Il devra rester allongé très longtemps.

— Longtemps combien ?

— Longtemps ! Il va falloir que l'enfant soit très occupé pour pouvoir rester en place, ce qui ne va pas être facile, il n'a que cinq ans et demi. Qu'est-ce qui l'intéresse ? Il fait des dessins, des coloriages ?

— La télévision ! Il adore la télévision.

— Très bien, mettez-le devant la télévision.

— Devant la télévision ? Mais la télévision, elle est dans la salle à manger !

— Eh bien vous mettez son lit dans la salle à manger !

— Et on reçoit plus, nous ? On reçoit plus ?

— Non, on ne reçoit plus. Vous voulez que votre fils marche ou vous voulez recevoir ?

— D'accordaccordaccord. Bien sûr. Mais son lit il est grand maintenant. Ça va être serré.

— Madame Perez ! Vous enlevez la table de la salle à manger.

— Et on mange où nous ?

— Vous mangez où vous voulez !

— D'accordaccordaccord. Bon, on le met devant la télévision. Et après ?

— Après il va falloir que vous l'occupiez. Qu'est-ce qu'il aime ? Il fait quoi de ses journées ?

— ... ses journées... il est dans la chambre de ses sœurs !

— Et qu'est-ce qu'il y fait ?

— Il aime bien, il regarde les magazines, il écoute les chansons...

— Ah les chansons ! Lesquelles ?

— Il écoute... Parce que ma fille elle chante des chansons vous savez, elle est au Petit Conservatoire de Mireille et elle répète des...

— Madame Perez, je m'en fiche !

— Oh !... Mais il y a cette petite chanteuse, elle est mignonne comme tout. Il l'écoute tout le temps. Elle s'appelle... Comment elle s'appelle ta petite chanteuse, Mchikpara ?

— Sy-lvie Vartan !

— Ah, je vois. C'est sûr, c'est pas du Mozart. Mais bon.

— Qui ça ?

— Rien. Alors maintenant écoutez-moi bien madame Perez, vous allez lui acheter un petit mange-disque, vous allez lui acheter tous les disques qu'elle sort cette petite. Vous allez lui acheter tous les magazines qui parlent d'elle. Vous allez devoir concentrer votre enfant sur une seule chose, Elle !

— Ah bon ? Mais ça fait partie du traitement ?

— Oui madame, ça fait partie du traitement. Il faut que votre fils soit occupé, qu'il soit accaparé par cette fille pour que les journées passent vite et qu'il accepte le traitement. Parce que s'il n'est pas coopératif, on ne va rien obtenir du tout, madame Perez. Ça va être des pleurs.

— Mais non, il est gentil...

— Madame Perez, ce n'est pas la question. Je vous le dis, ça ne va pas être facile. Pour l'instant il est à quatre pattes, il va où il veut, mais à partir de maintenant c'est fini. Il ne va plus aller nulle part pendant longtemps. Vous comprenez ?

— Oui oui, mais combien de temps ?

— On verra plus tard.

Chapitre 10

La vie s'organise autour de Sylvie

Et voilà ma mère propulsée cheffe de chantier.

— Toi, Maklouf, tu vas acheter un mange-disque. Nicole, file au Prisu acheter tous les disques de cette fille-là, Sylvie jesaispasquoi. Jacq… Jessica, ils sont où les magazines ? Les garçons, allez, plus vite que ça ! La table contre le mur, là. Ouhlalala… attention à mon buffet, maladroit ! Bouge de là, Richard, qu'est-ce que tu fais dans mes pattes, tu vois bien que c'est pas le moment. T'as pas des devoirs ? Mon Dieu, mon Dieu. Mais quel bazar ! Où je vais mettre mes chaises, moi ?

Et me voilà, engoncé dans mon corset de cuir, ma jambe tendue devant moi par une attelle, trônant dans mon lit à barreaux de cuivre au milieu de la salle à manger, avec de part et d'autre de ma royale litière des poufs pour permettre à ma cour de partager mon espace télé. Je me sentais comme un coq en pâte, Ben-Hur triomphant sur son char. Le monde et la salle à manger m'appartenaient.

Mon médicament est arrivé : trois 45 tours de Sylvie, douze chansons au total. Du matin au soir, sa voix s'est mise à résonner dans le petit appartement. Je passais des heures à examiner les pochettes des disques. J'aurais pu en reproduire le moindre détail les yeux fermés. Ses dents surtout me fascinaient. Je n'avais jamais vu des dents écartées. Qu'on les appelle les dents du bonheur me ravissait. Comment faisait-elle pour tracer son trait d'eye-liner de manière si parfaite ? Et son ceinturon, il tombait si bien sur ses hanches. Et que regardait-elle derrière son épaule ? À quoi rêvait-elle ? Il y avait cette fascinante pochette, façon Andy Warhol, sur laquelle on voyait dix-huit diapos de Sylvie, chacune avec une expression différente. Celle-ci m'a occupé une semaine entière. *Fini de pleurer hé hé. J'ai laissé mon chagrin...* Chaque chanson que je découvrais, je l'écoutais des centaines de fois, avant de passer à la suivante.

— Roland, y en a marre, elle chante comme une casserole ! me hurlait parfois Richard pour me faire enrager.

Sylvie s'était invitée dans notre quotidien, elle devenait le neuvième membre de la famille et tout le monde respectait cette présence sans trop moufter. Tous l'avaient compris, c'est grâce à elle que le miracle s'accomplirait, et ma mère se chargeait bien de leur faire rentrer dans le crâne à longueur de journée. Sylvie Vartan m'a accompagné pendant ces dix-huit mois comme une fée bienveillante. Une fée sublime qui portait les plus belles robes du monde et avait les coiffures les plus sophistiquées. Elle a fait naître en moi une vocation.

— Maman ! Je veux être coiffeur plus tard.

— Coiffeur ? C'est pas un métier !

— Mais pourquoi ? Comme ça je rendrai les femmes plus belles. Et toi aussi maman.

— Non non non, c'est pas pour nous. Du tout, du tout !

— C'est pas toi, c'est moi.

— Non mon chéri. Toi tu vas faire des études. Il faut un beau métier. On n'a pas fait tout ça pour ça, me répondait celle qui vouait un culte à son coiffeur qu'elle voyait trois fois par semaine.

Mon choix était tombé sur Sylvie parce que ma sœur chantait ses chansons au Petit Conservatoire. Ce fut une chance. Je ne pense pas que le « traitement » aurait fonctionné si ça avait été une autre. Françoise Hardy était trop triste, trop inexpressive. Sheila ? Trop commune, on aurait dit la fille de la voisine. Sylvie avait quelque chose en plus. Je ne connaissais pas son histoire, celle de cette petite fille arrivée de Bulgarie à l'âge de sept ans, le jour de Noël, sans connaître le français, et qui avait vécu dans une pauvre chambre d'hôtel avec ses parents et son frère. Mais derrière son attitude un peu distante, je sentais de la timidité, de la pudeur et de la fragilité. Elle me touchait, quelque chose dans sa voix éveillait un écho en moi. Elle était ma meilleure amie. Et tout l'immeuble s'en mêlait :

— Esther ! J'ai vu une photo dans Télé Poche ! Dis à Roland, Sylvie elle va passer samedi soir dans l'émission des Carpentier.

— Hé ! Tu crois qu'il le sait pas déjà ?

Chapitre 11

Des crevettes, des crevettes… et encore des crevettes

J'ai bien cru qu'Esther ne survivrait pas à mon mariage. Litzie et moi avions fixé la date à septembre. Jeunes tourtereaux, nous nagions dans le bonheur, mes parents adoraient ma fiancée et Esther pensait déjà à la somptueuse cérémonie qu'elle allait organiser. Pas une ombre au tableau. Ou presque. Huit mois avant le mariage, Litzie est tombée enceinte. J'étais fou de joie, j'allais être papa. Mais aussitôt l'image de ma femme passant le seuil de la synagogue avec son ventre énorme m'a ramené sur terre. Le mariage était foutu. Esther ! Comment le dire à Esther sans provoquer un psychodrame ?

Litzie, jamais à court d'idées, a suggéré d'attendre notre séjour avec mes parents au Club Med pour porter le coup de massue à ma mère. Entre un cocktail et un massage, ça passerait mieux.

Arrivent les vacances. Effectivement, Esther est dans son élément. Elle sautille, guillerette, entre un cours d'aquagym et une séance de bain à bulles, se fait des copines… Tous les jours, Litzie me tanne : « Allez, dis-lui ! Dis-lui maintenant ! » Je suis terrifié, ma princesse me demande d'aller réveiller un dragon. Retors, nous choisissons finalement le moment favori d'Esther, les Crazy signs, *son heure de gloire. Dans sa robe décolletée rose, des colliers de fleurs autour du cou, elle se rue sur la piste comme une gamine et commence à se dandiner. Nous lui emboîtons le pas, Litzie à sa droite, moi à sa gauche, elle est cernée. Et nous voilà tous les trois lancés dans la danse, agitant les bras, remuant le bassin à l'unisson de la foule des vacanciers.*

— La la la la. Et y met son corps devant, et y met son corps derrière.

Je m'applique, je l'observe. Hop, coup de reins. Ça y est, elle est en transe, elle ne sait même plus qui elle est.

— On met ses mains là-haut, oh oh oh.

Litzie, les bras en l'air, me jette un regard appuyé.

— Tournez, tournez...

Merde, je suis en décalage, je perds la cible.

— Tzinga, tzinga...

Allez, encore un coup à droite, un coup à gauche. Le rythme s'emballe.

— Bam bam di da fou bam bam...

GO !

— *Maman, Litzie est enceinte.*

— La la la, un bras en l'air !

— *Hein ? Qu'est-ce que tu dis chéri ?*

— Et y met son corps devant...

— *Litzie est enceinte !*

— *HEIN ??! Quoi ? quoi ? quoi ?*

— Et y bouge son corps derrière...

Nos hanches continuent de se balancer, on agite tous les trois les bras en haut, en bas, comme des automates. Le cœur n'y est plus. Esther continue pourtant de s'accrocher à la chorégraphie, plutôt mourir que de rater les Crazy signs *!*

À la fin de la danse elle s'écroule dans un fauteuil.

— Et tu m'annonces ça comme ça ! Tu veux tuer ta mère ? Mon Dieu, mon Dieu... Bon, on va régler ça. Litzie, j'ai lu qu'il y a une pilule maintenant. Tu l'avales, et hop, le lendemain t'as plus rien !

— C'est hors de question. Ce bébé on le veut.

— Mais tu peux pas arriver au mariage comme ça enceinte !

— Calme-toi, maman. On va juste avancer la date. On va se marier en mars.

— Hein ? Mais vous pouvez pas ! C'est dans un mois ! On a rien fait, la salle, les tenues, les invités. Rien ! Vous pouvez pas me faire ça.

— Tu ne t'en fais pas. On s'occupe de tout. Toi, tu t'occupes juste de ta tenue.

— Et les gens, qu'est-ce qu'ils vont penser les gens, hein ? Ils savent compter ! Et le rabbin ? Ô, mon Dieu, le rabbin ! Mais qu'est-ce que vous m'avez fait !

— Mais on va pas lui dire au rabbin, promis. Et puis qu'est-ce qu'il va faire ? Il va pas faire un examen gynécologique !

Heureusement, entre deux lamentations, les activités du Club s'enchaînaient. Elle a passé le cap.

Acte II. Tout s'arrange. Par le plus grand des hasards, je réussis à dégoter le Royal Monceau pour la cérémonie. Ils ne font pas de repas casher, mais on se débrouille : pas de fruits de mer, pas de viande, ils ne serviront que du poisson. Les gens seront ravis. Pour les rabbins, on fera livrer des repas conformes à leur table, ils n'y verront que du feu. Esther voit les photos, c'est superbe, c'est Versailles, elle est rassurée. Le grand jour arrive. Toute la nuit, Litzie et moi avons préparé le plan de table. Chaque table porte le nom d'un magazine : Salut les copains, Paris Match, Femme actuelle... *Les invités arrivent, se placent, je commence à me détendre, lorsque soudain j'entends des éclats de voix. Dans un coin de la salle, un groupe s'agite autour d'une table. La tuile ! Litzie et moi étions si fatigués que nous avons inscrit trente noms sur une même table de dix. C'est la panique, tout le monde s'énerve, Esther est débordée.*

— Mais Esther, on se met où ? On nous a dit la table Marie Claire, *mais y a pas nos noms sur la table.*

— Mais où y sont les enfants. Moi je sais pas ! C'est qui Marie Claire *?*

Sa grande copine, Martha, commence à pousser des cris.

— Ah mais je suis pas invitée ? J'ai pas de place ? Très bien. Je suis pas invitée ! Ben, je m'en vais alors si on veut pas de moi !

Et elle commence à enfiler son manteau. Esther lui court après en braillant. Puis elle fonce sur moi comme un boulet de canon !

— Mais qu'est-ce que t'as fait ! Qu'est-ce que t'as fait ! Les gens ils ont pas de place ! Mon Dieu, ils ont pas de place ! On fait quoi nous ? C'est fichu. Tout est fichu ! Martha elle est partie, elle dit que tu l'as pas invitée.

— Eh ben, très bien, elle est pas invitée ! Voilà ! Je n'en peux plus d'elle, de vous tous. Y a assez de tables pour tout le monde, qu'ils se débrouillent, qu'ils s'assoient où ils veulent !

Esther accuse le coup.

Acte III. Le buffet arrive, ça va calmer les esprits. Les gens semblent ravis, je les vois se servir, revenir enchantés.

— Roland, c'est délicieux. J'adore. Très original. C'est une excellente idée d'avoir servi des fruits de mer à ton mariage.

— QUOI ???

Je me rue vers le buffet et là je vois un déluge de crevettes, il y en a partout, ça déborde des plats, et puis des coquilles saint-jacques. Des coquilles saint-jacques ! Dans la religion juive, c'est l'interdiction absolue. Esther va me promettre aux feux de l'enfer, je suis un homme mort. C'est trop tard, elle arrive sur moi en hurlant.

— Oulalalalala ! Ooooouhh ! Booooouuhh !

Ma cousine Juliette et moi essayons de l'encercler et de la réduire au silence. Les rabbins sont à l'autre bout de la salle, hors de portée de voix, ils ne se sont encore aperçus de rien. Je file pour trouver le responsable du carnage, Esther en profite pour se réfugier dans les toilettes. Lorsque je la retrouve, elle est étendue sur le carrelage, les bras en croix.

— Tu m'as tuéééééée. Je suis déshonorééééée. Ouuuuhh. Mon Dieu, moi, une petite-fille de rabbin, et maintenant ça ! Martha elle est partie, et maintenant tu me mets des crevettes partout. Ouuuuhh mon Dieu, venez-nous en aide.

— Maman, tu arrêtes ta comédie ! C'est terminé, on a débarrassé le buffet. Ils ont fait une erreur, c'est pas grave, les rabbins ont rien vu. Tout le monde se régale. Allez, viens, lève-toi.

Acte IV. Esther se recoiffe, un peu de poudre, une bonne couche de rouge à lèvres et la voilà debout prête à affronter ce qui peut encore être sauvé de la fête. La musique traditionnelle bat son plein. La joie est partout. Tout le monde danse, les hommes soulèvent mon fauteuil et, sous les applaudissements, me portent au-dessus des invités. Je suis heureux, Litzie est radieuse. C'est son tour, elle est hissée à ma hauteur.

Voyant ça, ma belle-mère se précipite :

— Arrêtez ! Arrêtez ! Reposez-la, elle est enceinte !

Mazel tov ! Depuis mon perchoir, je vois Esther se décomposer. Elle se jette sur ma belle-mère, c'est sûr, elle va l'immoler.

— Quoi ? Mais qu'est-ce qu'elle raconte ! Ne l'écoutez pas ! Qu'est-ce que tu dis ?

— Ben quoi, c'est vrai. Ma fille est enceinte.

— Mais noooon, non, non, non. C'est pas vrai. Tais-toi !

Et la voilà repartie sur le carrelage des toilettes, prostrée, les cheveux en vrac, les mains tournées vers le ciel.

— Maman, non ! Pas encore ! Allez, ça suffit.

— Pouuurquoi tu me fais ça. Pouuurquoi ce mariage ? Je savais, je savais. L'œil est sur nous. Dieu nous punit. Les crevettes, et maintenant ça ! Je savais, je savais. Mais pouuurquoi ?

— T'en fais pas, maman. Avec la musique, les gens qui chantaient, personne n'a entendu. Ça va aller. Tout va bien. Allez, viens à table maintenant.

Acte V. Après le buffet de l'enfer, on avait prévu des soles à la duxelles de champignons. Du poisson, des champignons, des légumes, rien que la Torah réprouve.

Je souffle enfin. Pour Esther, le dernier coup a été rude, l'entrain n'y est plus. Un coude posé sur la table, elle se tient la tête. Du bout de sa fourchette, elle repousse son poisson.

— Oh j'ai pas faim. Pfff. Non, pas faim du tout.

Litzie, ma cousine Juliette, tout le monde à la table se démène pour la divertir et lui faire oublier ces incidents. Peu à peu, elle se laisse embarquer dans nos conversations, esquisse un sourire. L'appétit revient. D'un geste ferme, elle plante sa fourchette dans le dos du poisson farci et là, au milieu des champignons, surgissent du ventre de la bête... des crevettes ! Là, c'est l'apoplexie assurée. Ma cousine baisse les bras, découragée.

— Là, je ne peux plus rien faire pour elle, je rends mon tablier. Mon chéri, tu n'as plus qu'à appeler les pompiers, je vois que ça...

Acte VI. C'est une Esther épuisée qui assiste au final de la soirée. Comme je voulais quelque chose d'extraordinaire et d'original pour marquer ce grand jour, j'avais fait venir un travesti de chez Michou pour qu'il nous fasse une imitation de Sylvie Vartan. On ne se corrige pas. Le numéro était sensationnel, il nous a offert une interprétation de L'amour c'est comme une cigarette *plus vraie que nature. Tout le monde est enchanté, l'artiste est applaudi. Échauffé par son triomphe, il décide de nous offrir un numéro. La musique démarre : « J'habite seul avec maman, dans un très vieil appartement... » Magnifique hommage à Charles Aznavour. Mais à la différence du grand Charles, notre interprète commence doucement à s'effeuiller. Esther, qui était affalée sur une chaise au premier rang, se redresse. La chanson continue : « Le travail ne me fait pas peur, je suis un peu décorateur, un peu styliste... » L'artiste continue, le voilà qui déboutonne son pantalon... Esther se lève d'un bond, me fusille du regard :*

— Mais qu'est-ce qu'y fait, qu'est-ce qu'y fait ? Y va pas se mettre tout nu quand même ! Houlalala. Mais dis-lui qu'il arrête. Mais pourquoi tu veux me tuer comme ça, hein ? Pourquoi tu t'acharnes ? Qu'est-ce que je t'ai fait ? Mais arrête-le, y a tous les rabbins qui sont là !

— J'en peux plus, maman ! Il y a longtemps que les rabbins sont partis se coucher ! Tout le monde adore, tout le monde s'amuse, et toi ? Toi ! Tu es en train de te plaindre de tout ! Arrête, s'il te plaît, détends-toi !

Finalement je crois qu'Esther est allée se coucher plus tôt que prévu.

Chapitre 12

Mon règne sur la télé

Pour m'aider dans mon épreuve, j'avais une deuxième amie : la télévision, ma fenêtre sur le monde. Mon emploi du temps était réglé comme du papier à musique. Le midi je coupais court à ma vie avec Sylvie pour me planter devant *Midi Magazine.* Quelle classe cette Danièle Gilbert ! Elle parlait bien, elle était polie. Je la trouvais si intelligente que ça ne m'aurait pas surpris qu'on me dise qu'elle sortait de l'ENA. Quand elle recevait Sylvie, autant dire que c'était Noël, je faisais des bonds sur mon matelas, du moins dans la mesure de mes possibilités. Puis je dodelinais de la tête devant les actualités de la mi-journée – seul programme obligé sur lequel je n'avais pas la main. J'ouvrais ensuite un œil sur *Aujourd'hui madame,* émission à destination des ménagères à laquelle je ne comprenais rien. Mais mon œil affûté scrutait avec intérêt toutes ces femmes, leurs coiffures, leurs bijoux, leurs physiques, leurs expressions et les émotions qui les traversaient. Qu'il soit question de sécheresse vaginale ou de règles douloureuses me passait largement au-dessus de la tête et échappait complètement à la vigilance de ma mère, affairée dans sa cuisine.

Quand tout le monde était de retour à la maison, la guerre pouvait commencer. Une guerre dont moi, le César de la salle à manger, je sortais toujours triomphant. La règle était simple : j'étais le maître absolu des programmes, *Télé 7 Jours* était ma bible et la speakerine ma plus fidèle alliée. Quand elle venait me donner le détail des programmes, je me campais bien droit sur mon lit, me recoiffais vite fait et affichais un sourire éclatant.

— Mesdames et messieurs, bonjour !

— Bonjour madame !

J'étais persuadé qu'elle s'adressait à moi, rien qu'à moi. Je devais lui faire bonne impression. Ma pire hantise était le présentateur du journal télévisé qui, lui aussi, m'observait. Si quelqu'un allumait la télé à ce moment-là, j'étais foutu, il fallait que je me tienne à carreau et que je reste assis face à lui. Mes frères ne se privaient pas de me torturer.

— Noon ! Me laissez pas tout seul, je vais être obligé de regarder.

Il eût en effet été très grossier de planter là ce monsieur, aussi inintéressant fût-il. Alors je restais, un sourire figé aux lèvres, pour bien lui faire comprendre que, oui, quelqu'un dans cette maison était là pour l'écouter. J'étais scandalisé par l'attitude de mon père qui, face à ce type cravaté, continuait de manger comme si de rien n'était et se permettait même d'invectiver les politiques à haute voix :

— C'est ça ! Rien que du pipeau ! Tous les mêmes, des menteurs !

— Mais chuuuut, papa ! Il va t'entendre !

Le reste du temps, je naviguais entre les variétés et mes feuilletons favoris : *Ma sorcière bien-aimée, Les Saintes Chéries*... Il me fallait évidemment toujours quelqu'un pour passer d'une chaîne à l'autre et, torture suprême, mes frères devenaient non seulement les victimes, mais aussi les bras armés de mon impitoyable dictature.

— Edmond ! Viens changer de chaîne !

— Tu m'emmerdes Roland avec tes programmes de gonzesse. On pourrait pas regarder un peu autre chose de temps en temps !

— NON !

Les soirs de match de foot, j'usais et j'abusais de mon emprise. Je les sentais tous les trois sur le point d'exploser :

— Allez, Roland, soit sympa. Juste cette fois, c'est important.

— Non.

— Je te ramènerai des boules coco demain en rentrant.

— M'en fiche !

— Putain, Roland !

— ...

— Y en a marre ! Richard, change de chaîne, on s'en fout ! hurlait Edmond, tentant le coup d'État.

— Mamaaaaan ! Y a Richard qui a changé de chaîne !

Et elle déboulait aussi sec, les mains pleines de farine.

— Mais qu'est-ce que vous avez fait au gosse ! Ça suffit maintenant. Sinon j'en prends un pour taper sur l'autre. Laissez-lui, laissez-lui la télé, le pauvre. Calme-toi Mchikpara.

À la vue de mon sourire de bienheureux, je crois qu'ils auraient pu me tuer.

Un jour, Richard, furax, a réussi à dérégler toutes les chaînes pour n'en conserver qu'une – qui diffusait une course automobile, sa grande passion. *MAMAAAAAAAAAAN*... Cette fois-là, mon cri s'est répercuté à tous les étages de l'immeuble, et il a fallu, toutes affaires cessantes, faire venir un dépanneur dans l'heure.

Mais ma tyrannie s'est vite effritée. Après six mois de psychodrames, mon frère Edmond a décroché un petit boulot et s'est offert un miniposte de télé. J'étais terrassé. Les trois complices s'agglutinaient dans la chambre, le nez collé sur leur écran de quinze centimètres, et je restais seul en tête à tête avec mes programmes, empereur déchu sur sa royale litière, petit reclus incompris.

— Regardez, regardez, y a Sylvie à la télé ! Veneeeez !

— Regarde-la tout seul ta Sylvie et fous-nous la paix.

— Noon ! Mamaan ! Je veux qu'ils viennent !

— Allez, allez... Soyez gentils. Mettez-vous avec lui. Pourquoi vous le laissez seul ?

J'étais leur pire cauchemar.

Chapitre 13

L'auberge espagnole

La sonnette de la porte d'entrée retentissait à longueur de journée, m'offrant cette fois des programmes en direct et en couleurs. C'était le défilé des voisines. *Tu connais pas la dernière ? Tu vas jamais me croire ! Il paraît que la fille de... – Tu as entendu hier soir ? Ça a encore chauffé au deuxième...* Le téléphone arabe tournait à plein régime. Et les échanges de services aussi. Ma mère, cuisinière hors pair, régalait tout l'immeuble des petits plats mijotés dont elle avait le secret.

— Alors Flora, qu'est-ce qu'on fait aux enfants ce soir ?

— Tu peux me préparer ton rôti de veau ? Ils adorent ça.

— Moi, je veux bien que tu me fasses le poulet aux olives. Et n'hésite pas à y aller sur les oignons, hein !

Tous les matins, elles amenaient leurs courses et repartaient l'après-midi avec une grosse gamelle pour toute la famille.

Sur la petite cuisinière de ma mère, il y avait du matin au soir quatre grosses marmites bouillonnantes. Car en plus de nourrir les voisines, ce n'était pas une sinécure que de s'occuper de faire manger la fratrie. Depuis que la salle à manger était sens dessus dessous, avec les meubles, les chaises et les chers bibelots d'Esther empilés les uns sur les autres, mes frères et sœurs dînaient deux par deux sur la petite table de la cuisine. Les services s'enchaînaient. D'abord les filles.

— Mais pourquoi tu as fait des pâtes, enfin ? Je t'ai dit que j'étais au régime. Je ne veux que des légumes.

— Je t'en foutrais du régime ! Regarde-moi ça ! C'est épais comme ma planche à repasser et ça veut faire régime ? Tu ferais mieux de grossir un peu. Mange des féculents.

Ensuite c'était le tour de Jacques et Edmond :

— Mais j'en veux pas de tes légumes ! Ressers-moi des frites et de la viande plutôt.

— Mangez des légumes enfin ! C'est plein de vitamines.

Puis Richard :

— Tu veux quoi Richard ?

— Des coquillettes.

— Encore des coquillettes ? Mais il mange rien ce gosse ! C'est pas Dieu possible !

En plus des innombrables menus quotidiens, il y avait les pâtisseries, sa grande spécialité. Partout dans la cuisine s'empilaient des pyramides de cigares au miel, des biscuits aux amandes, des manicotti, des boules de coco... Ma mère ne pouvait s'empêcher de préparer des tonnes de nourriture. *Je sais jamais qui va venir, mais je sais que quelqu'un va venir.* Et si on ne venait pas à elle, Richard se chargeait des livraisons à domicile. *Richard, tu portes les gâteaux aux N'guyen, c'est le Nouvel An chinois demain*

– *Richard, Mchikpara, tu peux monter les biscuits chez Mme Brahim, elle t'attend, vite, elle a du monde pour l'Aïd…*

Ma préférée était Mme Dahan, la voisine du sixième. Un vrai tourbillon de bonne humeur. Tous les jours, vers 15 heures, son rire tonitruant venait faire vibrer les murs de notre appartement. Les bras toujours chargés d'une panière en plastique, elle traînait dans son sillage une fraîche odeur d'amidon et de lessive. Car, échange de bons procédés, elle épargnait une corvée à ma mère en repassant le linge de la famille. Avec son air mutin, ses cheveux roux et ses taches de rousseur, elle respirait la gentillesse et la générosité. Elle était employée le matin dans un pressing de l'avenue d'Italie car son mari, au prétexte qu'il avait eu un accident de travail, ne bossait plus. Il préférait passer son temps au PMU où il dilapidait l'argent du foyer, enquillant au passage un nombre conséquent de demis, ce qui finissait par le rendre parfois colérique.

Il y avait aussi la discrète Mme Bentolila, belle comme un soleil. En Tunisie elle avait été modèle. Sa silhouette élégante était toujours soulignée par des jupes droites et bien coupées et des chemisiers délicats tombant à la perfection sur son buste menu. Je ne pouvais détacher mes yeux de cet étalage de bon goût. Elle me rappelait Kim Novak que j'avais vue à la télé dans *Vertigo*… mais en version méditerranéenne. Sa mission était la couture, qu'elle avait exercée dans une prestigieuse maison de Carthage. Elle se chargeait de confectionner nappes et rideaux, agrandissait nos pantalons, reprisait nos vêtements, adaptait les ourlets. Mais elle était si malheureuse Colette. Je ne comprenais pas comment on pouvait être à la fois aussi belle et aussi triste. Son mari était malade de jalousie. Si elle n'était pas à la maison quand il rentrait, il lui faisait des scènes terribles. Alors, pour l'accueillir le soir, elle veillait toujours à être tirée à quatre épingles et maquillée avec soin. Dans la journée, elle arborait des bigoudis pour avoir une coiffure irréprochable au retour de son époux. Lorsqu'elle était chez nous, les garçons avaient pour mission de guetter l'arrivée du mari afin qu'elle file en vitesse – *M. Bentolila arriiiiiive ! Vite !* C'était la panique à bord. Il était hors de question qu'il apprenne qu'elle fréquentait la délurée du quatrième. Même Esther, qui n'avait pas peur de grand monde, craignait cet homme.

Mme Benayoun offrait un contraste saisissant avec les deux autres. Comme elle habitait sur le même palier que Mme Bentolila, celle-ci lui proposait toujours de descendre prendre le thé à la menthe et déguster les délicieuses pâtisseries d'Esther. Petite femme chétive, avec son foulard bien en place sur sa tête, elle s'exprimait toujours en arabe. C'était le référent religieux de la bande. Son rôle à elle : aider à la communication entre Dieu et Esther. On ne serait pas trop de deux pour rappeler à Hachem qu'il devait s'occuper de guérir mon pied et, pieuse comme était Mme Benayoun, c'était sûr, elle avait au moins une ligne directe avec le Très Grand. Je l'aimais bien cette dame, elle avait un regard si compatissant, tant de douceur. Elle me bénissait tout le temps qu'elle était dans la pièce.

Et puis venait aussi Mme Israël, une femme moderne, de la grande ville, d'Alger, le must. Elle n'avait pas eu à se faire naturaliser comme les autres. C'était la lettrée de la bande. Sa mission était de s'occuper du courrier et de régler les problèmes administratifs. D'un emploi dans un magasin d'habillement, elle avait conservé une passion pour le rangement, et ma mère la laissait avec plaisir mettre de l'ordre dans nos armoires. Équipée de ses petites lunettes, elle pliait, empilait et classait par couleurs les vêtements de toute la famille. Au grand dam de mes sœurs qui prétendaient ne jamais rien retrouver. Mme Israël restait toujours un peu à distance des conversations, regardant évoluer tout ce petit monde avec un sourire d'amusement perpétuellement accroché aux lèvres.

Je me délectais de leurs rires sonores, de leurs chamailleries et de leurs mots empreints des saveurs de l'Orient, j'adorais les voir maquillées comme pour une fête, je me berçais du cliquetis des multiples bracelets colorés qui dansaient à leurs poignets. C'était mon moment de douceur.

Une fois leurs travaux accomplis, elles se retrouvaient toutes les cinq dans le salon marocain d'Esther pour prendre le thé à la menthe et discuter de leurs joies, de leurs peines, des enfants, de moi. Si ma mère avait bien une passion, c'était de se mêler de tout :

— Mais comment ça tu lui as pas dit non ? Mais pourquoi tu le fais pas ? C'est ton corps quand même, tu as le droit ! Alors dis-moi pourquoi on est venues en France ? Si on voulait se taire on serait restées au bled ! À quoi ça a servi tout ça ?

— Dites madame Benayoun, vous qui êtes une spécialiste, si je découpe mon rôti avec un couteau électrique à shabbat, c'est péché ou c'est pas péché, hein ? Qu'est-ce que vous dites, vous ? On le fait ou on le fait pas ?

Mme Dahan avait une place particulière dans le cœur de ma mère :

— Flora, ma chérie, tu vas lui dire que si ça continue tu vas le foutre dehors ce bon à rien ! Il a pas le droit de te traiter comme ça. Je vais lui parler, moi, à ce salopard ! Il va voir à qui il a affaire !

— Arrête Esther, ça sert à rien. Et puis où tu veux que j'aille ? Tu rêves… Toi tu as un mari tellement gentil, courageux. Et puis tes enfants ont réussi. Regarde les miens, tous des fainéants.

L'obsession de ma mère était d'aider son amie. Chaque mois, depuis des années, elle lui préparait une enveloppe, un peu d'argent qui, espérait-elle, lui permettrait d'échapper aux fins de mois difficiles. *Je peux pas la laisser, je dors pas la nuit.* Parfois, ma mère s'achetait de belles tenues qu'elle ne mettait qu'une ou deux fois. *C'est pas grave, je vais la donner à Flora.* Et la pauvre Flora ne savait qu'en faire.

— Mais ma chérie, arrête avec ça, quand veux-tu que je les mette ? À force, mon mari va croire que j'ai un amant ! Et je les mets où, moi ? Dans ma cuisine ? Je me regarde dans la glace du couloir et je les range ?

— On ne sait jamais. Garde-les. Comme ça quand tu quitteras ton mari, tu auras des tenues.

Et puis c'était le tour des cheveux :

— Tiens Flora, prends ça, c'est pour le coiffeur. Si si si ! Tu peux pas rester comme ça, regarde, ça fait combien de temps que t'as pas fait ta couleur ? Je t'en supplie, même pour toi. La vie elle est quand même plus jolie quand on est bien coiffé.

C'était sa devise ! Même avec l'immeuble en flammes, elle se serait recoiffée avant d'appeler les pompiers. On pouvait tout lui enlever, sauf ses enfants et son coiffeur, Ferdinand – quitte à se bousiller les cheveux à force de séchages et de couleurs. Elle avait toujours dans son portefeuille une photo de son plus beau brushing au cas où elle n'aurait pas le précieux Ferdinand sous la main. Quand elle était à l'étranger, elle sortait le chef-d'œuvre et l'agitait sous le nez du préposé au crêpage : *Look !* disait-elle en tapotant bruyamment la photo de son index, *Same !* Entre deux séances avec Ferdinand, elle s'enroulait des bigoudis et se collait sous un gros casque monté sur pied pour faire gonfler ses cheveux. Ça faisait un boucan ! On aurait dit une turbine ! Mais qu'importait à Esther. Elle avait trente minutes devant elle, autant les occuper à passer des coups de fil : *Allô ? Martha, ma chérie ? Comment tu vas ? Qu'est-ce que tu dis ? Je ne t'entends pas ! ALLLÔÔÔ !*

Celle que nous appelions tante Martha était l'une des copines ashkénazes de ma mère. Elles s'étaient rencontrées dans le Marais à l'époque de l'hôtel-restaurant de l'oncle Nessim. Il y avait aussi tante Sarah, puis tante Rachel. Toutes venaient à la maison le dimanche après-midi. C'était un tout autre univers que celui des voisines, mais Esther y évoluait tout aussi bien. Ces femmes venues d'Europe de l'Est après la guerre étaient des intellectuelles, blondes et raffinées, qui fumaient des cigarettes et portaient des pantalons. Leur vie de couple fascinait ma mère. L'une d'entre elles ne faisait plus l'amour avec son mari, sous prétexte qu'il était trop gros, disait-elle. Elle avait pris un amant, mais il se trouve que l'amant en question était le frère de sa copine qui avait appris l'histoire mais ne voulait pas aborder le sujet avec elle, sujet d'autant plus délicat que mon père et le mari de la copine étaient les amis du cocu... bref, c'était plus compliqué que les *Saintes Chéries* et je ne comprenais rien à cet imbroglio domestique. Tout ce que je savais, c'est que, témoin malgré moi de toutes ces confidences, je devais garder le silence : *Chuuut, Mchikpara, tu dis rien, rien, rien...* J'étais le détenteur d'un grand secret. Cela me donnait de l'importance. Et un certain pouvoir. *Maman, si tu ne m'achètes pas des roudoudous je vais tout dire à papa pour tante Sarah !*

Un des moments les plus animés était la visite hebdomadaire de l'oncle Nessim, le lundi soir. Lui et mon père jouaient toujours la même scène, mais je ne m'en lassais pas. Les deux frères avaient encore des affaires en commun après leur association dans l'hôtel de la rue François-Miron et, manifestement, pas mal de comptes à régler. L'entrevue débutait gentiment, avec échange des politesses habituelles. *Allez, tu vas bien prendre un petit pastis Nessim ? – Bon d'accord, un petit alors.* Le verre n'était pas encore vide que le ton commençait à monter. Pour tenter d'apaiser les choses, ma mère repassait dans les rangs avec la bouteille de Ricard. Au bout du troisième verre, l'entrevue se transformait en pugilat. Deux lions dans une arène, c'était à celui qui rugirait le plus fort. Tout le monde courait se mettre aux abris, y compris Esther qui allait se coller le nez dans ses marmites au cas où il manquerait encore un peu d'oignons confits dans son épaule d'agneau. Et moi, évidemment, coincé dans mon lit, je me retrouvais au milieu du ring, les yeux courant de l'un à l'autre, comme à Roland-Garros. Priant le ciel pour que l'un d'eux ne finisse pas par voler à travers la pièce pour atterrir sur ma jambe. C'est Esther, la plus brave d'entre tous, qui finissait par venir mettre fin au combat et virer Nessim *manu militari*, sans hésiter pour cela à se servir de moi : *Attention, le gosse ! Vous voyez pas que vous lui faites peur ! Allez, allez, oust !*

Entre la télé, l'apprentissage de la lecture, les visites des voisines, ma mère, Dieu et Sylvie Vartan, je me couchais le soir épuisé.

Chapitre 14

Du rêve à la réalité

Sylvie Vartan était devenue ma béquille et mon refuge. Sans elle je ne sais pas comment j'aurais traversé ces dix-huit mois. Dès que je me sentais triste, j'allais me réchauffer au son de sa voix. Elle était mon amie et ma cure. J'avais compris que grâce à elle, à son soutien, je marcherais bientôt. Cet attachement ne s'est jamais démenti par la suite. Adulte, mon attention est restée polarisée sur elle. Je suivais de près sa carrière, j'étais en quête de la moindre image, du moindre article. Chaque fois que je me rendais chez un disquaire, j'allais chercher ses 33 tours au fond des bacs pour les répartir dans tous les rayonnages, en tête de gondole. Bye bye Véronique Sanson, adieu Françoise Hardy. Personne n'échapperait à la déferlante Sylvie. Elle était pour moi une artiste formidable, la meilleure, et j'étais bien déterminé à le faire savoir. Pour être honnête, quarante ans plus tard, je me surprends à le faire encore parfois. Je ne me considérais pas comme un fan. D'ailleurs je ne comprenais pas qu'on puisse se ruer sur elle à la sortie des concerts pour réclamer un autographe ou un simple regard. Il y avait là quelque chose d'indécent. Elle était présente dans ma vie, à sa façon, et je n'éprouvais aucun besoin de l'approcher.

Nul n'ignorait ma passion pour cette artiste, j'en faisais volontiers étalage. Un peu de prosélytisme n'a jamais fait de mal à personne ! Des amis venaient de lancer un magazine, Star Club Magazine. *Destiné aux jeunes, il présentait les actualités des artistes en vogue, compilait des interviews. Sylvie était loin d'être leur priorité. Nous étions dans les années 1980, et ma coqueluche n'était plus celle qui intéressait les teenagers. Elle touchait désormais un public un peu plus âgé. Je tentai le coup quand même.*

— Tu veux faire un article sur Sylvie ?

— On pourrait peut-être avoir une interview.

— Tu ne te rends pas compte, c'est tellement compliqué de décrocher une rencontre avec elle. Puis, d'après son attaché de presse, notre magazine n'est pas assez chic. C'est pas vraiment la cible.

— Ça ne coûte rien d'essayer...

— Décidément, tu ne lâches rien. Ça ne t'est pas passé ta monomanie ? Après toutes ces années ?

— Ce n'est pas une manie. Sa carrière m'intéresse, c'est tout.

À force d'insistance, ma copine Nicole a fini par décrocher un rendez-vous avec elle. Et c'est moi qu'elle a envoyé pour rencontrer Sylvie Vartan dans les bureaux de RMC où elle enregistrait une émission.

Je me suis pointé dans ma peau de journaliste improvisé, agrippé à mon petit magnéto, tremblant. Moi, petit Roland devenu grand, j'allais rencontrer ma bonne fée. Il fallait que j'assure, je ne pouvais pas passer pour un abruti à ses yeux. Basculant de la panique à l'excitation, j'avais passé la nuit à répéter mes questions et à me jouer la scène. Et si je n'étais pas à la hauteur ? Et si c'était elle qui n'était pas à la hauteur ? Je ne supporterais pas d'être déçu. J'allais tout gâcher. Calme-toi petit Roland. Tu es un adulte maintenant. Tu vas la jouer pro. *Lorsque, royale, elle s'est présentée dans le petit bureau, mon cœur battait la chamade. Est-ce que ça se voyait ? Est-ce que sous ses coups de boutoir ma chemise faisait des bonds ? Je me suis dissocié. Oubliant que la femme qui se tenait devant moi était celle qui avait habité ma vie d'enfant, je suis devenu un autre. À sa distance j'ai opposé un détachement très professionnel, alignant mes questions les unes après les autres. Elle m'aurait oublié à peine sortie de la pièce. Et finalement ça m'allait bien. À quoi bon me faire connaître ? Je n'étais pas de ces fans hystériques prêts à tout pour grappiller un signe de reconnaissance.*

J'ai ensuite collaboré à d'autres magazines, comme OK ! *ou* Podium. *J'étais devenu le spécialiste de Vartan. À la moindre actu, on m'envoyait la rencontrer. Et je m'exécutais, en gardant toujours la même réserve. Je ne laissais aucune prise à la déception. Je ne l'aurais pas permis. Si elle était froide, c'était normal puisqu'elle était exceptionnelle. Elle était peu loquace ? Une manifestation de sa pudeur. La Sylvie de mon enfance restait dans un coin de ma tête, inatteignable. J'avais encore besoin de cette présence.*

Quelques années plus tard, dans le cadre de mon activité d'avocat, j'ai rencontré Monique Cara, productrice pour France 2. Alors que je l'aidais à décoder un contrat, elle a apprécié ma manière simple et chaleureuse d'aborder le droit. Et ça tombait bien, elle cherchait justement un chroniqueur pour l'émission Matin Bonheur *! Moi qui avais passé mon enfance le nez sur la télé à guetter les stars, voilà que je débarquais derrière l'écran aux côtés de comédiens et de chanteurs. La vie ne pouvait pas me faire de plus beau cadeau. Sur les plateaux, je me suis découvert une nouvelle famille, des amitiés qui trente ans après continuent de colorer ma vie. Très vite, tout le monde a été mis au parfum de ma marotte. Quand Sylvie passait dans l'émission, on me gardait sur le plateau. Si elle était sur un autre programme, je traînais dans les coulisses. Si bien qu'au fil du temps mon visage lui est devenu familier. On se saluait, allant même parfois jusqu'à échanger quelques banalités. Elle voyait en moi un type gentil, sympathique, un journaliste acquis à sa cause. Et moi je veillais bien à ne pas me démasquer. J'étais entré dans son paysage, ça suffisait à me rendre heureux.*

Mon aventure dans Matin Bonheur *a duré trois ans, jusqu'à ce que Monique Cara arrête l'émission. Trois belles années que je n'étais pas près d'oublier. Je redevenais un simple avocat. Du moins c'est ce que je croyais. Deux mois plus tard, j'ai reçu un appel inattendu :*

— Bonjour monsieur Perez. Je suis le directeur des programmes d'Europe 1.

— Heu, oui. Bonjour…

— Je vous contacte parce que nous aimerions vous faire passer un essai pour une chronique sur le droit.

— C'est une blague ?

— Non, non. Pas du tout. Seriez-vous disponible la semaine prochaine ?

Je n'en revenais pas. Ma vie prenait décidément une tournure surprenante.

Lorsque j'arrive à Europe 1 pour un entretien, je suis reçu par le directeur de la station en personne, Jérôme Bellay, un type au premier abord bourru et qui ne s'embarrasse pas de salamalecs.

— Y a longtemps que vous attendez pour entrer à Europe 1 ?

— Je ne comprends pas. Je n'attendais pas. On m'a juste appelé.

— Je vous demande quand vous avez écrit !

— Mais je n'ai pas écrit je vous dis.

— Vous n'avez pas écrit ? Vraiment. Vous vous foutez de moi en plus !

Furax, il me brandit une cassette sous le nez.

— C'est quoi ça ?

Je ne comprends rien à rien. Je le regarde glisser la cassette dans le magnéto, et là, ma trogne, tout sourire, apparaît en plein écran, en train d'animer ma chronique dans Matin Bonheur *! Je reste sans voix.*

— Elle est arrivée par le Saint-Esprit peut-être ? grogne-t-il.

Le Saint-Esprit je ne sais pas, mais je compte bien débusquer celle ou celui qui m'a fourré dans ce guêpier. Vu que j'aimerais qu'on arrête de m'engueuler, je fais le dos rond.

— Ah oui... Cette cassette, j'avais complètement oublié.

Finalement, j'ai réussi mon bout d'essai et suis entré comme chroniqueur chez Europe 1 où, au fil des ans, j'allais continuer de croiser des artistes... dont, bien sûr, Sylvie Vartan.

J'avais une coupable toute désignée pour ce forfait et mon premier réflexe en sortant de cet entretien calamiteux a été de mettre Esther sur la sellette.

— Maman ! Qu'est-ce que tu as fait encore ?

— Quoi encore ? Je sais pas de quoi tu me parles, mais oui, oui, c'est moi. Si tu veux ! C'est toujours moi de toute façon !

— Est-ce que c'est toi qui as envoyé cette cassette à Europe 1 ?

— Mais comment tu veux que je fasse ? Je sais même pas où y sont. Et puis j'ai pas de cassettes moi !

— Je ne comprends pas. Qui a pu faire ça pour moi ?

— Hééée... C'est Dieu. Il a fait les choses.

— Arrête maman. Qu'est-ce que tu racontes ? Et il aurait fait comment Dieu ? Il a mis la cassette dans l'enveloppe avec ses petites mains ? Et puis c'est sûrement Baba Salé qui a collé le timbre !

— Oh ça suffit, hein ! On parle pas comme ça. Mais tu verras ce que je te dis. Tu verras.

Pendant des mois j'ai interrogé tout le monde, je racontais mon histoire à qui voulait bien l'entendre. Rien de rien. Le mystérieux expéditeur restait introuvable. Un an plus tard, alors que je sortais de la salle de sport, je tombe sur une ancienne collègue, journaliste à France 2. Après quelques échanges de nouvelles, je lui raconte par quel tour de passe-passe je suis entré à Europe 1. Et là, elle blêmit.

— Une cassette ? À Jérôme Bellay ?

— Oui, c'est ça.

— Mais... c'est moi. C'est moi qui ai envoyé cette cassette. Je voulais une chronique, je voulais qu'il voie

une de mes interviews. C'est pour ça que je n'ai jamais eu de nouvelles ?

Le mystère était en partie résolu. J'étais désolé pour elle. Mais une question demeurait : pourquoi la cassette était-elle calée sur ma chronique ? Esther avait peut-être raison après tout. Dieu avait-il mis son grain de sel dans cette histoire ? Dieu, le hasard, le destin... Qu'importe finalement. Aujourd'hui, plus de vingt ans après, je suis toujours chroniqueur sur cette même radio.

Chapitre 15

Par-devant ou par-derrière ?

— Ouhlala. Elle est sévère Mme Vergepoche, elle est sévère, répétait ma mère tout le long du trajet qui nous conduisait chez la femme du rebouteux.

Comme à chaque visite, elle savait qu'elle allait se faire engueuler.

— Madame Perez, mais qu'est-ce que c'est que ça ? Combien de fois je vais devoir vous expliquer comment maintenir son attelle ? Regardez-moi ça, c'est tout de travers là ! On ne va jamais y arriver si vous n'y mettez pas du vôtre !

— Ouhlala, c'est difficile... Je sais pas moi. Je vous jure, je fais attention...

— Mais enfin, le corset, je vous ai dit mille fois comment le fixer !

— Mais mon fils m'a dit... fallait le passer par-derrière...

— Non, il fallait le passer devant ! De-vant !

— Ouuuuu... Vous êtes sévère madame Vergepoche. C'est dur, c'est dur, j'ai six enfants à la maison, moi ! C'est difficile. Me disputez pas comme ça. Je vous jure, je fais de mon mieux. Dieu me voit. Ouhlalalala...

— Madame ! Si vous ne faites pas ce que je dis, on ne va pas s'en sortir.

— Ouiii, ouii, ouii.

Il faut dire que mon armure de gladiateur était un vrai sac de nœuds. J'avais deux corsets de cuir, l'un pour le jour, l'autre pour la nuit. Pour tenir l'attelle qui maintenait ma jambe raide comme un bâton de maréchal, il fallait attacher ma gangue avec des lanières qui passaient et repassaient autour de mon buste en s'accrochant à des rivets et des boucles en métal, le tout selon des orientations bien précises. Tous les matins et tous les soirs, ma mère perdait littéralement la boule. Et pourtant, elle qui n'avait peur de personne n'osait pas défier l'autorité de Mme Vergepoche. Elle craignait trop que celle-ci n'arrête de s'occuper de nous. Ce n'était pas Dieu, mais elle n'était pas loin sur le podium. C'était notre miracle, un miracle à la bouche pincée et au profil d'aigle, sec comme un coup de trique, mais un miracle au grand cœur.

— Je vous jure, j'essaye. Roland, regarde bien chéri, regarde comment elle fait Mme Vergepoche.

— C'est à vous que je m'adresse madame Perez. Pas à lui, à vous ! Le petit il a déjà fort à faire.

— *Ce soir je serai la plus belle, pour aller danser é é é.*

Je tentais une diversion pour montrer à Mme Vergepoche, que oui, ma mère faisait du bon travail et avait tenu ses engagements : Sylvie était entrée dans ma vie. L'amoureuse de Mozart n'avait plus le choix, elle allait en souper du Sylvie Vartan. Mais je savais que ma mère se tromperait encore et encore. Alors je me concentrais de toutes mes forces pour lui épargner ces remontrances. Au fil du temps, j'apprenais.

— Non, maman. Donne ici, on va le mettre là, comme ça, derrière mon dos. Puis maintenant tu repasses devant et tu reviens ici. Voilà, c'est bien comme ça.

— Je peux pas Mchikpara. Regarde, je mélange tout. Mais comment tu sais autant de choses, comment tu te rappelles mon fils ? Tu es si intelligent. Heureusement chéri, tu vas être récompensé, Dieu va te guérir. J'ai rêvé toute la nuit de Rabbi Meïr Baal Haness. Il est là toujours, il veille sur nous.

Chapitre 16

V comme Vartan

Mon intelligence allait bientôt être mise à l'épreuve, à l'initiative de Jacques.

— Et si on lui apprenait à lire ? proposa-t-il.

— Ben comment ?

— On n'a qu'à utiliser Sylvie, il commence à connaître les chansons.

Après la méthode de lecture syllabique, la méthode globale, voilà que naissait de l'imagination fertile de mes frères et sœurs la méthode Vartan ! Première étape : apprendre par cœur toutes les chansons d'un bout à l'autre.

— Quand on rentre de l'école avec Richard, on t'achète des scoubidous et des boules de coco au magasin de M. Cohen. Mais pour ça, il faudra que tu chantes la chanson tout seul, sans le disque, m'encourageait Jacques avant de partir en embrassant furtivement mon pied malade.

Mon pied malade... C'est ainsi que tout le monde le surnommait dans la famille. Il était devenu une sorte de fétiche partagé, un doudou accroché à ma jambe que tout le monde caressait, tapotait, dorlotait.

Bien décidé à devenir la fierté de tous, je faisais chauffer mon petit mange-disque rouge à longueur de journée et répétais en boucle la même chanson.

— *Je sais qu'il est dur de recommencer...*

— Je sais qu'il est...

— *Je sais qu'il est dur de recommencer...*

— Je sais qu'il est dur de rehan han han...

J'y mettais tant de passion que les résultats n'ont pas tardé. Tous les soirs en rentrant de l'école, toute la fratrie se tenait debout au pied de mon lit et pendant deux minutes trente je devenais la star. J'imaginais les projecteurs, j'étais dans un show de Maritie et Gilbert Carpentier : *Top à Roland !* Droit comme un « i », me dandinant sur mes fesses et remuant la tête, j'entonnais à tue-tête la chanson du jour.

— *Il t'a dit « je t'aime », et tu l'as cru.*
C'était le soir même où tu l'as connu.
Aujourd'hui tu pleures, car tu l'as vu.

— C'est bien Roland.

— Mais je comprends pas. Pourquoi elle pleure si elle l'a vu ?

— Ça va venir. On va t'expliquer tout ça.

La deuxième étape consistait à reconnaître les lettres. Richard avait récupéré à l'école un grand tableau avec l'alphabet qu'on afficha au pied de mon lit. Les filles de leur côté recopiaient les paroles des chansons d'une belle écriture cursive. Le procédé était simple.

— Donc ça c'est un A. Aaaa. Maintenant tu vas trouver tous les A dans la chanson et les entourer.

Je passais donc la journée à traquer les A :

— *Ce soir je serAi lA plus belle pour Aller dAnser.* Ça fait « sera » ! Pourquoi elle dit « seré » ? Et j'entends pas le A dans « danser » ! Ça marche pas votre truc.

Puis les E :

— *La plus bEllE* – E – Heu – Ça fait « beulleu »… C'est quoi ça ?

Et les S :

— *La pluSSS belle* ? La plusse belle ? J'y comprends rien.

Ce fut long et laborieux. Mais comme je connaissais les chansons, j'appris vite à slalomer au travers de toutes ces subtilités. Pris au jeu, je m'étais même piqué de regarder *Le Mot le plus long,* le jeu d'Armand Jammot, sous les yeux mouillés de ma mère qui découvrait en moi un petit génie.

— Prr… pro… provi…

— zion ! Il a lu provision ! C'est mon fils ça ! En plus d'être beau il est trrrrès intelligent, se répandait-elle auprès de toutes ses voisines. Il ne lui manque que de marcher, le pauvre !

Sa fierté, elle n'allait pas se gêner pour la balancer à la figure de cette Mme Fleury. J'avais maintenant plus de six ans et l'assistante sociale s'excitait de plus en plus.

— Et l'école, madame Perez, il ne va toujours pas à l'école !

— Et Mme Saddoun, vous avez été la voir la pauvre ? Elle est pas bien du tout… Que Dieu la préserve des soucis qu'elle a avec sa fille Ghislaine. Elle est pas normale, non ?

L'autre, sans quitter sa moue dubitative, jetait un regard en coin à mon harnachement et à ma jambe dressée dans un angle douteux.

— Vous allez voir quand il va marcher. C'est bientôt. C'est un grrrand docteur vous savez. Il a soigné plein d'enfants déjà. C'est un traitement qui vient d'Amérique, si, si.

Esther y allait gaiement, ne renonçant devant aucune outrance. Pas question que l'autre s'aperçoive qu'il n'existait aucun docteur Vergepoche et que le « grrrand professeur » en question n'était en définitive que la veuve d'un rebouteux. Épuisée par tant de mauvaise foi, la raide Mme Fleury commençait à s'affaisser doucement sur sa chaise. Et c'est ce moment que choisissait ma mère pour lui porter l'estocade finale.

— Et il sait lire vous savez !

— Comment ça il sait lire ?

— Sors ton cahier de chansons, Roland !

Avec application, je lui lisais des extraits de mes tubes favoris.

— Ben oui, il connaît les chansons, c'est normal, il sait les reconnaître.

— Mais non, mais non. Faites-lui lire autre chose si vous me croyez pas !

Mon inquisitrice griffonnait alors une phrase sur son calepin et me le tendait :

— Vas-y Roland. Dis-moi ce qui est écrit.

— Le ba-lllon est ro-ro-rou-rouge !

— Bon. C'est pas mal. C'est une drôle de méthode, mais bon… admettait-elle en remballant sa morgue et ses dossiers.

Chapitre 17

People mania

Mes premiers pas en tant qu'avocat en libéral ont été pour le moins chancelants. Je partais sans clients, mais j'étais sûr d'une chose, je voulais ma boutique. J'avais vingt-neuf ans, il fallait que je vole de mes propres ailes. Maître Leclere, chez qui j'avais fait mes armes, m'avait proposé de suivre encore pour lui quelques dossiers, ce qui m'occupait à mi-temps. Me restaient pas mal d'heures pour tailler et retailler mes crayons, classer les enveloppes par catégories, décider de la couleur des rideaux d'une salle d'attente dans laquelle personne ne m'attendait. Tout ça avec en bruit de fond permanent les bavardages d'Esther, mon autoproclamée nouvelle secrétaire, qui m'assurait par tous les saints de l'avenir brillant de notre petite affaire.

Mon père, associé à mes frères, s'était proposé d'acheter des locaux commerciaux rue Béranger, près de son magasin. Je les leur louais pour aider à rembourser le prêt. C'était parfait. Esther était chargée de recevoir les appels et d'accueillir les clients.

— C'est bon maman ? Tu t'en sens capable ?

— Pour répondre au téléphone ? Voyons. Évidemment chéri, alors, alors... Hein ? Tu me mets là ? Mais y a pas de fenêtres !

— Non, c'est l'entrée.

— Ah bon ? J'ai pas de fenêtres. D'accord. Si tu le dis.

— Je ne serai pas là le matin, maman. Tu peux te mettre dans le bureau si tu veux.

— Mmm...

Premier jour, je l'appelle depuis les bureaux de maître Leclere. Pas de réponse. En fin de matinée, je contacte mon frère, inquiet.

— Tu veux pas aller voir si maman va bien, elle ne répond pas au téléphone quand j'appelle le cabinet.

— Ah ben elle est là, à la boutique, elle prend le café avec papa. Elle me dit qu'après elle va faire des courses, elle a vu des robes dans une petite boutique sympa près de... Attends, quitte pas, elle me parle... Oui, elle dit qu'il y a le répondeur au bureau.

— Passe-la-moi tout de suite !

— Oui, mon chéri. J'ai pas compris, le répondeur il marche tout seul ! Quand les gens appellent ils tombent diiiirectement dessus. Comme ça ils laissent leurs messages, c'est pratique. Qu'est-ce que tu dis ? Si j'ai pris leurs noms ? Mais c'est pas la peine, quand tu arrives, tu écoutes.

— Donc j'ai pas besoin de toi ?

— Comment ça tu as pas besoin de moi ?! Mais y a personne encore. Moi, quand les gens vont venir, je vais m'en occuper.

Je commence à toucher du doigt le fait que ça ne va pas être simple. Soit. Je passe une soirée entière à lui expliquer comment fonctionne le répondeur.

Le lendemain après-midi, lorsque j'arrive au cabinet, je la trouve en nage.

— Chéri, j'en peux plus, halète-t-elle. Ouuuh, j'ai eu beaucoup d'appels, ça oui ! Beauuucoup !

Je jubile :

— Combien ?

— Trois !

— Trois ?! Mais enfin...

— Regarde, je t'ai tout écrit.

Je prends son bloc-notes :

« Bonjour maître, je suis M. Thibaut, j'ai entendu parler de vous par Jean-Jacques Perrin. Je vous appelle parce que... »

— Mais enfin, maman ! Tu n'as pas besoin de noter les messages mot à mot. Tu notes le nom, le numéro et éventuellement l'objet de l'appel. C'est tout.

— Hein ? Comment ça l'objet ? Quel objet ? Oh lala. C'est trop compliqué tout ça.

Bon OK, il fallait encore parfaire sa formation de standardiste. Sans doute serait-elle plus à l'aise avec l'accueil. Mon premier rendez-vous s'est présenté au bout de quelques semaines. Depuis mon bureau aux murs minces je suis la scène :

Première sonnerie. Esther est sur le qui-vive. La voilà qui se lève, s'agite, file vers le miroir, se recoiffe, retouche son rouge à lèvres. Elle prépare son entrée en scène.

Deuxième sonnerie.

— Oui, oui ! Ça va ! J'arrive !

Le type se fait engueuler avant même d'être entré.

— Aaah, bonjour monsieur. Enchantée, je suis Mme Perez, la maman de maître Perez.

Voilà qu'il se demande s'il arrive à mon cabinet ou chez moi. Calfeutré dans mon bureau, je me ratatine dans mon fauteuil.

— Suivez-moi. Installez-vous là, sur le canapé. Vous serez bien. Je vous sers un petit café, du thé, un verre d'eau, une pâtisserie ? Vous pouvez avoir touuut ce que vous voulez.

— Heu... je veux bien un café.

— D'accord. Un sucre ? Deux sucres ? Pas de sucre ?

— Pas de sucre. Merci.

— Ah, vous avez du diabète ! Mon pauvre. Moi c'est pareil. Je tiens ça de ma mère, ça doit être héréditaire.

Et elle s'installe à côté de lui sur le canapé pour bavarder tranquillement, pour un peu elle prendrait sa tension.

— Alors ? Comment vous connaissez mon fils ? Vous verrez, il est bien. C'est un grrrand avocat !

Je n'y tiens plus. Je sors en trombe de mon bureau pour sauver le pauvre homme, et ma réputation avec.

— Pardon monsieur, je n'ai pas encore de secrétaire, c'est ma mère qui me dépanne. Elle est... Enfin, c'est... familial.

— Ah ça oui, c'est très familial. Elle est sympathique votre mère !

— C'est ça. Sympathique... Venez, passons dans mon bureau.

Je le pousse vite fait dans la pièce et, derrière moi, Esther, toute confiante, nous emboîte le pas.

— Mais maman ! Tu ne peux pas entrer, c'est confidentiel !

— Hein ?

Le mot ne fait pas partie de son vocabulaire. Je dois batailler pour repousser une Esther perplexe vers l'accueil.

J'étais traumatisé. Est-ce qu'elle allait saper ma crédibilité auprès de tous mes clients ? Comment lui faire comprendre ? J'étais si absorbé par la question que j'en ai oublié d'écouter mon visiteur. À la sortie de l'entretien, l'oiseau s'était envolé, personne derrière le standard. J'ai dû foncer chez elle pour la coincer, avec toute la diplomatie dont j'étais capable.

— Merci maman pour ton aide. C'est vraiment gentil de ta part... Mais tu ne peux pas recevoir mes clients en leur racontant ta vie ou en leur faisant passer un questionnaire médical ! On est dans un cabinet d'avocat là ! Les gens qui viennent ne me connaissent pas, ce ne sont pas des copains !

— Mais il était content. T'as bien vu que ça lui faisait plaisir. D'accord, je fais tout mal ! Je viens, je t'aide, je suis là, je m'occupe des gens, ils m'adorent, et toi tu critiques !

— Ils n'ont pas besoin de savoir que tu es ma mère.

— Très bien ! Je suis une étrangère ! C'est ça ! Alors maintenant que tu es devenu avocat, ta mère c'est devenu une étrangère, tu as oublié tout ce qu'elle a fait pour toi ?

C'était peine perdue, elle était incontrôlable. Le téléphone sonnait, sonnait, et rien. Je sortais de mon bureau furieux :

— Maman, regarde ! Tu vois bien que la lumière clignote ! Tu appuies et tu prends l'appel.

— Mais je suis en ligne là !... Non, c'est rien, c'est Roland. Il me parle. Il reçoit des clients, tu sais. Beaucouup de clients viennent le voir. Roland, tu veux parler à tata Paulette ? Tiens je te la passe.

Et me voilà obligé de parler à ma tante tandis qu'un potentiel client essaie de me joindre. Je ne savais plus quoi faire. Je ne pouvais quand même pas congédier ma mère. Après l'installation de Litzie au cabinet, qui en plus de ses dossiers était obligée d'assurer le standard et la frappe des courriers, j'ai réussi à faire entendre à Esther qu'il me fallait une seconde secrétaire, pour taper à la machine et répondre au téléphone quand elle était « occupée ».

— Très bien. Et moi je la surveille, je regarde ce qu'elle fait.

— Oui, maman. C'est ça. Tu la surveilles.

Finalement, c'est Esther elle-même qui a fini par se lasser. Tout ce travail c'était tellement contraignant, alors qu'elle avait tant à faire à côté, la préparation des shabbats, ses virées avec Martha aux Galeries Lafayette, ses copines de Nice à qui elle faisait faire la grande tournée touristique dont le clou était mon cabinet, comme si moi et mon bureau étions devenus un monument historique.

J'y pense aujourd'hui avec beaucoup de nostalgie. Elle avait rendu ce cabinet unique en son genre, un cabinet plein de chaleur, où les effluves des petits plats mitonnés sur un réchaud parfumaient la salle d'attente.

Mes premiers dossiers concernaient surtout les droits de propriété intellectuelle dont, après un procès houleux gagné contre toute attente pour l'entreprise de mon père et de mes frères, j'étais devenu spécialiste bien malgré moi. Mais tout a changé après mon mariage. Entre autres attractions, et puisque comme le disait mon père « ce garçon ne fait jamais rien comme les autres », je m'étais démené pour faire venir une imitatrice que j'admirais beaucoup, Chantal Gallia. Et, sans surprise, je lui avais demandé une imitation de Sylvie Vartan. Chantal et moi avons immédiatement sympathisé et il se trouve que par le plus grand des hasards elle venait de rompre avec son compagnon, qui était aussi son avocat. J'étais honoré de représenter une artiste. Je mettais un doigt dans le showbiz. J'allais vite y engouffrer le bras et tout le reste. Chantal m'a adopté et vantait mes mérites à tout-va. Elle m'a présenté à une jeune animatrice que la télé s'arrachait, Sophie Favier, qui elle aussi est devenue ma cliente et mon amie. L'effet boule de neige était en marche. En quelques années j'ai compté parmi mes clients mes vieilles copines de la télé : Denise Fabre et Danièle Gilbert ! Puis, plus tard, Karen Cheryl, Nikos Aliagas – qui est devenu pour moi un véritable petit frère –, Isabelle Mergault, Benjamin Castaldi, Sophie Davant, Faustine Bollaert, Cyril Lignac et bien d'autres. J'étais devenu l'avocat des stars du petit écran.

Trente ans plus tard, en 2015, alors que j'étais au faîte de ma carrière, un nouveau miracle a croisé ma route. Isabelle Mergault venait d'écrire une pièce, Ne me regardez pas comme ça !, *dans laquelle une ancienne star déchue dicte ses Mémoires à une jeune écrivaine. Mais qui face à elle pour jouer la star ? Depuis des années, je représentais également l'agent d'Isabelle, Patrick Goavec. Mais ce que j'ignorais, c'est que lui et moi avions un point commun. Il adorait Sylvie Vartan ! Tout juste s'il n'avait pas fait ce métier pour la rencontrer. Sans trop y croire, il avait décidé de lui envoyer la pièce à Los Angeles. Qui ne tente rien n'a rien. Et grand bien lui en a pris. Dès le lendemain, elle lui a répondu : « Rencontrons-nous. » Fou de joie, et sans connaître mon histoire avec Sylvie, il m'appelle pour me raconter ça. « Tiens-toi prêt. Si elle accepte, il va falloir vite dégainer le contrat. » Je suis tombé de ma chaise, avec l'envie folle de me relever pour danser le sirtaki ! Moi ? Un contrat pour Sylvie ?*

L'affaire fut vite dans le sac. Dès la semaine suivante rendez-vous était pris pour la signature. Sylvie m'a reconnu, j'étais sur un nuage.

— Mais... vous êtes avocat ? Vous n'êtes pas journaliste à Europe 1 ?

Patrick est surpris.

— Vous vous connaissez ?

— Mais bien sûr qu'on se connaît. Roland c'est ça ? Alors vous êtes avocat et vous vous occupez d'artistes ? Mais c'est extra !

Elle feuillette rapidement le contrat.

— Oui ça c'est bon. Ça on s'en fout. Le règlement OK. Bon, et bien tout ça est très bien. On y va.

— Vous ne voulez pas que je l'envoie à votre avocat.

— J'en ai plus, il a pris sa retraite. Et puis, ça va, j'ai confiance. C'est juste une pièce, je ne suis pas non plus en train d'acheter la tour Eiffel.

Le tout en deux minutes. J'étais charmé par sa simplicité et son intelligence. Et dire qu'il y a de jeunes artistes qui vous bassinent à n'en plus finir et épluchent les contrats à la loupe. Elle, la star, n'avait pas touché une virgule. J'en étais sûr maintenant, la vraie Sylvie ne me décevrait pas.

— Écoutez Roland. Comme je vous le disais, je n'ai plus d'avocat. Certes, je n'en ai pas besoin tous les jours, je ne suis pas une grande procédurière. Mais au cas où, je peux vous appeler ? Je vous ai toujours trouvé sympathique. Alors si en plus vous êtes du métier !

Je vais être l'avocat de Sylvie ! Je vais être l'avocat de Sylvie ! Je vais être l'avocat de Sylvie ! Dans la rue je me prenais pour Gene Kelly, j'avais envie d'embrasser les réverbères. Personne n'allait me croire. En même temps je ne voulais pas le crier sur les toits tant que rien n'était fait. Je suis juste allé voir Esther.

— Pff. Ça ne m'étonne pas. Elle a dû t'adorer. Tu lui as raconté ?

— Quoi ?

— Mais tout.

— Mais ça va pas ! Tu me vois claironner que jusqu'à sept ans je courais à quatre pattes derrière elle, ses chansons, ses photos. Tu veux qu'elle parte en courant ou quoi ?

Pourtant, un an plus tard, j'ai bien dû lui lâcher une bribe de mon histoire. Oh pas grand-chose, un simple clin d'œil à l'artiste. Nous nous étions peu à peu rapprochés. Je la conseillais dans tous les domaines légaux : atteinte à la vie privée, contrats, concerts, disques… La plupart du temps, j'en discutais surtout avec son époux, le producteur américain Tony Scotti dont j'appréciais la vivacité et l'intelligence. Sylvie et moi avions des conversations plus privées, échangions des nouvelles de nos familles. Un soir nous avions rendez-vous au Monsieur Bleu, un restaurant chic du 16ᵉ arrondissement, pour discuter de nos affaires en cours. Alors que mon invitée se dirigeait vers notre table j'observais les têtes qui se tournaient vers elle, les regards qui la scrutaient. Même si après cinquante ans elle avait l'habitude de ces regards insistants, parfois peu amènes, la situation semblait toujours l'embarrasser. Elle prit place face à moi, lunettes fumées vissées sur le nez. J'étais un professionnel, un homme de plus de cinquante ans. Mais la voix chaude et profonde de Sylvie était toujours la même, elle ranimait en moi le souvenir de cette enfance radieuse et cabossée. Je l'écoutais. Je la sentais lasse et emplie de doute. Elle me parlait d'une critique parue dans Le Monde *dans laquelle un journaliste se moquait du Star-System, disant que Sylvie était la seule artiste qui n'avait pas besoin de chanter pour que son public se lève.*

— Il a raison. Cette célébrité a quelque chose d'indécent. Elle devrait se mériter par des actes. Les chercheurs qui font avancer la médecine, les soignants, tous ceux qui s'engagent pour venir en aide aux autres… Ce sont eux qui méritent l'admiration du public. Pas moi. Pas des chanteurs de variétés. Qu'avons-nous fait pour être adulés ? Rien.

Je la trouvais injuste envers elle-même. Je ne pouvais pas la laisser dire sans réagir. Je me suis découvert, un peu, lui expliquant qu'enfant j'avais eu un problème de santé et que ses chansons m'avaient accompagné. Que probablement chacun avait une histoire particulière avec un artiste, que parfois cela pouvait contribuer à panser les blessures. Je me suis arrêté là, je ne pouvais pas en dire plus. Elle semblait intriguée, mais elle ne m'a pas interrogé. Pudique, toujours. Si je le voulais, c'était à moi d'en dire plus. Je ne le ferais pas.

Chapitre 18

Tous des superhéros

Vrouuuuum vrouuuumm hiiiiiiii... Et paf ! Une grande zébrure sur le papier peint. Richard est devenu blanc :

— Oups ! Jjj-j-je vais me faire eng-g-gueuler.

— Mais non, je dirai que c'est moi.

Pour me sortir de ma royale taule, j'avais demandé à mon frère de bouger mon lit. Par bonheur il avait des roulettes. Les deux portes de la salle à manger comportaient des doubles battants. Ce qui d'un côté nous permettait de pénétrer dans la chambre de nos parents, mais le voyage s'arrêtait là, la pièce étant trop encombrée pour s'y aventurer. L'autre issue donnait directement dans le couloir. Une perspective inouïe pour moi qui passait ma vie à contempler le papier peint, le petit meuble marron avec son napperon blanc sur lequel trônait la télévision, avec comme seul horizon lointain une fenêtre par laquelle je voyais les immeubles d'en face. Par comparaison, le couloir devenait mon autoroute, ma piste d'envol. Je voyageais enfin.

— Vas-y Richard ! À fond les ballons ! Jusqu'à la chambre des filles.

— Vroum ! Vroum ! Youhouuuu...

Le problème, c'est que le couloir était étroit. Il fallait viser juste pour me propulser à l'autre bout de l'appartement, dans le domaine de mes frères et sœurs auquel je n'avais plus accès depuis longtemps. Si bien que le lit finissait toujours par rester coincé au milieu de la route. Richard, du haut de ses dix ans, était incapable de me dégager de là. Mort de trouille, il escaladait l'obstacle, c'est-à-dire moi, pour filer se cacher dans sa chambre.

— Aïe ! Mais fais gaffe ! Ma jambe ! Mais où tu vas ? Richaard ! Me laisse pas comme ça !

Alertée par le raffut, Esther surgissait en trombe de sa cuisine.

— Houuuu, mais c'est pas vrai ! Qui m'a fichu un mioche pareil ! Mon Dieu, mon papier peint ! RICHARD ! Tu viens ici, tout de suite ! Espèce de petit salopard. Il est complètement fou, ma parole ! Tu vas voir la correction que tu vas prendre quand ton père va rentrer !

Mais jamais Richard ne m'a lâché. Pour me sortir de ma prison, il était prêt à braver la colère de mes parents.

Aucun de mes frères et sœurs ne m'a jamais lâché. Ils avaient transposé leurs vies dans cette pièce où j'étais harnaché à mon lit, m'associant à leurs aventures et à leurs déboires. En rentrant de l'école, chacun d'entre eux venait me raconter sa journée. Richard me narrait par le menu le déroulé de la récré, les billes qu'il avait raflées aux gosses des voisins, les gars à qui il avait projeté de « casser la gueule ». Jacques passait beaucoup de temps à parler des filles. Les plus jolies, les plus douces, celles avec qui il était sorti, celles avec qui il sortirait. Il me demandait mon avis sur sa nouvelle chemise que Mme Bentolila avait ajustée pour qu'elle soit bien cintrée. Nicky m'inventait des histoires extraordinaires, me décrivant la vie fantastique qui l'attendait. Elle me lisait les lettres de ses correspondantes anglaises, sa nouvelle obsession. Elle irait là-bas, à Londres, bientôt, *véri soun*. Quand ses copines venaient, elles délaissaient le secret de la chambre pour tenir leurs conciliabules devant moi, après s'être assurées que ma mère était bien dans sa cuisine et n'espionnait pas leurs conversations.

Jessica, elle, s'était entichée de la cithare. Deux fois par semaine, son prof venait et le cours avait lieu près de mon lit. Ce qui arrangeait bien ma mère car ça lui permettait de garder un œil sur ce Jean-Pierre qui jetait des regards un peu trop appuyés à sa fille. Edmond était plus discret, je le voyais régulièrement rentrer amoché, un œil au beurre noir, et j'imaginais les embrouilles dans lesquelles il se fourrait. Tous s'inventaient des aventures dont ils étaient les héros. Et moi, reconnaissant, je vivais leurs vies par procuration.

Quand j'étais seul, je rêvais. J'imaginais le temps où je serais comme tout le monde. Je me voyais marcher, courir avec tout un tas d'amis, vivre des péripéties fabuleuses. J'étais fatigué de dépendre des autres, d'être trimballé comme un poids mort. Le traitement marcherait, je le savais, et bientôt je serais libre. Je me promettais qu'après cette épreuve je n'aurais plus besoin de personne et que moi aussi j'aiderais les autres, comme on m'avait aidé. Après ce traitement, une vie merveilleuse m'attendait. Je me suis fait le serment que jamais je n'oublierais ceux qui ne marchent pas, ceux qui pour toujours sont condamnés à rester à terre. Est-ce qu'Esther aurait pu les sauver eux aussi ?

Chapitre 19

Le miracle, enfin

Le grand jour était arrivé. Agrippé aux accoudoirs du grand fauteuil de dentiste en Skaï noir, dans l'appartement de Mme Vergepoche, j'attendais la sentence. Penché sur moi, notre ange providentiel retirait patiemment la bandelette qui depuis dix-huit mois m'enserrait la jambe, façon Toutânkhamon. Ma mère, qui n'était pas une grande adepte du suspense, s'agaçait de la lenteur de ses gestes. Trépignant derrière la thérapeute, elle tendait le cou par-dessus son épaule pour ne rien rater de la manœuvre. Irritée, Mme Vergepoche tournait parfois la tête en soufflant pour lui jeter un regard noir. Ma mère s'éloignait aussi sec pour revenir lui coller son nez dans la nuque dès qu'elle avait le dos tourné. La rebouteuse n'en menait pas large elle non plus, je le sentais bien à la façon qu'elle avait d'avaler sa salive. Avait-elle appliqué le bon protocole ? Réussirait-elle à honorer la mémoire de son mari en sauvant ce dernier patient ? Je la vis saisir une grande paire de ciseaux et commencer à découper ce qui restait des bandelettes. Plus personne ne respirait : Mme Vergepoche les yeux rivés sur mon pied, ma mère scrutant Mme Vergepoche et moi guettant le moindre changement d'expression sur le visage de ma mère. On y était enfin. La dame à la blouse de nylon rose empoigna mon pied, commença à le palper, le soupeser, puis, totalement impassible, se tourna vers ma mère.

— Il va pouvoir marcher.

Elle aurait fait un malheur au poker celle-là !

Et là, j'ai vu ma mère s'illuminer, son visage irradiait de joie. D'un bond elle s'est retrouvée sur Mme Vergepoche, sans même se préoccuper de moi. Et la voilà qui l'étreint, lui embrasse les mains.

— Madame, vous avez fait un miracle ! Je ne pourrai jamais assez vous remercier. *Là beidlik saahdzak !* Que Dieu illumine votre chance. Mon Dieu, mon Dieu ! Soyez bénie.

La scène était cocasse. Cette grande bourgeoise, raide et longiligne, les bras ballants, complètement débordée par les embrassades et les débordements de la furia méditerranéenne. Je n'avais toujours pas baissé les yeux sur mon pied redressé, tout occupé que j'étais à m'abreuver du bonheur de ma mère. C'était son combat, sa victoire, elle avait réussi !

— Doucement, doucement... modéra Mme Vergepoche en éloignant ma mère, de peur sans doute que celle-ci n'en vienne à lui baiser les pieds. Il va commencer par se mettre debout. Il va falloir que je le voie régulièrement dans les semaines qui viennent pour vérifier que son pied ne se replie pas vers l'intérieur. Vous devrez beaucoup l'aider, veiller surtout à ce qu'il ne pose pas son pied nu sur le sol. Pour marcher, il doit impérativement porter ces chaussures sur mesure que vous avez commandées. On n'est pas à l'abri d'une récidive, madame Perez. Mettez-vous ça dans la tête.

— Mais oui, mais oui, ça va aller. Je sais bien que ça va aller.

Elle avait tellement confiance en sa bonne étoile, elle était tellement sûre que ça allait marcher, que même si mon pied avait été tordu, elle l'aurait vu droit. Son optimisme était déconcertant. Elle était capable de voir bleu ce qui était blanc tout simplement parce que c'était plus joli.

L'exercice d'équilibriste pouvait commencer. Avant toute chose, on m'a enfilé d'horribles chaussures montantes marron, des chaussures indifférenciées, c'est-à-dire identiques à droite et à gauche. J'ai baissé les yeux, dépité. Ce n'était pas du plus grand chic. Ensuite, Mme Vergepoche m'a pris la main et m'a demandé de me mettre debout. Je me suis exécuté, mettant par habitude tout mon poids sur ma jambe gauche.

— Allez, pose ton autre jambe maintenant.

Et, délicatement, j'ai posé sur le parquet mon pied malade – qui ne l'était plus vraiment, même si toute sa vie ma mère continua de l'appeler ainsi. Le frisson de la transgression, j'accomplissais ce qui toute ma vie m'avait été interdit.

— Madame Perez, mettez-vous de l'autre côté. Prenez-lui la main. C'est bien Roland. Avance une jambe maintenant. Bien. Puis l'autre.

Et je marche. J'ai sept ans et je marche pour la première fois. Mes jambes tremblent, elles sont si fines, les muscles ne se sont pas développés. J'ai peur de tomber, je serre les mains qui me soutiennent. Mais je l'ai tellement vu faire que l'exercice me semble naturel, naturel et étrange. Je suis heureux pour ma mère, mais l'angoisse monte. Qu'est-ce qui m'attend maintenant ? Est-ce que je vais devoir aller à l'école ? Je ne serai plus le bébé de ma maman, fini le lit dans la salle à manger, les petites attentions, désormais je serai un enfant comme les autres, à égalité avec mes frères. Et cette idée me terrifie. Je suis partagé entre la fierté d'être debout et la trouille de sortir de mon cocon.

Le chemin du retour a été épique. Je voulais que ma mère me porte, je voulais retrouver la sécurité de ses bras. Mais pour Esther, qui me voyait déjà champion olympique de course de fond, il n'en était pas question. Sur mes jambes encore vacillantes, pris du vertige des hauteurs, j'arpentais maladroitement le bitume pendu à son bras ; elle, fière comme un paon, moi, terrifié à l'idée de me rompre le cou. Elle me portait pour traverser la route, descendre et monter les escaliers du métro. Au fil du trajet, j'ai commencé à prendre de l'assurance. Porte de Choisy, j'ai réussi à sortir de la station en grimpant maladroitement marche après marche. J'arrivais dans mon quartier telle une star, on me ferait des haies d'honneur, des tonnerres d'applaudissements accueilleraient mon entrée triomphale. Mais non. Esther et moi n'étions décidément pas en phase. Alors que je prenais confiance, elle insista pour me porter.

— Maman, s'il te plaît, laisse-moi marcher.

— Non, mon chéri. J'ai peur de l'œil. On va attendre un peu d'accord ? Il ne faut pas qu'on nous voie tout de suite. Tu marcheras à la maison.

Elle me protégeait encore du regard des autres.

L'appartement était vide à notre arrivée. Je bouillais d'impatience. Je voulais que tout le monde assiste à mes prouesses. J'ai passé les deux heures suivantes à faire des allers-retours dans le couloir, à redécouvrir les pièces de l'appartement sous une perspective nouvelle, à tenter des pas de côté, des demi-tours... Il était hors de question qu'on m'enlève mes chaussures. Ils allaient voir de quoi était capable le nouveau Roland ! Et effectivement, j'ai réussi mon petit effet. Je leur ai moi-même ouvert la porte, caressant la poignée de laiton pour la première fois. C'était si bon de voir leurs visages ébahis et heureux. *Regardez, regardez ce que je peux faire...* Ils m'ont regardé, puis ont baissé le regard sur les chaussures, j'ai vu leurs yeux s'agrandir : *Tu marches Roland ! C'est le principal.* Comment ça le principal ? Ça clochait à ce point-là mes chaussures ? C'est vrai qu'elles étaient moches. Et puis, j'étais tout serré dedans, elles commençaient à me faire mal.

— Maman, on enlève les chaussures ?

— Non chéri. Garde-les jusqu'à ce que papa rentre du travail.

Quand mon père est arrivé, il n'a rien dit. Il a caressé le dos de ma mère, l'a embrassée sur le front comme s'il la bénissait, puis je l'ai vu essuyer discrètement ses lunettes en détournant la tête. Elle aussi elle a tourné la tête avant de se réfugier dans le royaume de sa cuisine. Ma gorge s'est serrée. On m'a enlevé mes chaussures et j'ai pu retrouver mon vieux terrain de jeu, le sol de l'appartement que j'avais quitté pendant un an et demi.

J'ai conservé ma place d'honneur dans la salle à manger durant les deux mois suivants. Il fallait encore veiller à ce que je ne marche pas sans mes chaussures, surveiller de près l'évolution de mon pied, faire chaque jour des exercices de rééducation, masser ma jambe... L'affaire nous a bien occupés ma mère et moi. Tous les jours je marchais dans le couloir pour me muscler les jambes et ma démarche devenait moins hésitante. Mes parents ont commandé de nouvelles chaussures faites sur mesure, une paire de blanches et l'autre en rouge. Il s'agissait encore de bottines à lacets, indifférenciées, mais c'était quand même la classe. Ça valait toujours mieux que ces hideuses chaussures marron. Pour moi, elles étaient des souliers magiques, j'étais comme Dorothy dans *Le Magicien d'Oz*, à la différence près que ma route de brique jaune était un ruban de lino bleu. J'aurais aimé les garder pour dormir, et en me réveillant le matin ma première pensée était de les enfiler pour marcher. Au bout de quelques semaines, j'ai voulu sortir, descendre au pied de l'immeuble avec Richard et me mêler aux autres enfants. Pour m'ôter cette idée de la tête, ma mère me mettait une chaussette jaune et une chaussette verte. C'était réglé. Avec mon sens de l'esthétique, je n'allais quand même pas m'afficher affublé comme un clown.

La dernière visite de Mme Fleury a été mémorable. Elle avait des yeux comme des soucoupes quand elle m'a vu debout. Le nez dans son calepin, elle prenait des notes sans arrêt. Cette fois ma mère est restée silencieuse, elle n'avait plus de temps à gagner. Elle ne lui a même pas proposé de cigares au miel. Déroutée, la mère Fleury passait de son carnet à mes chaussures, puis regardait ma mère, puis mes chaussures. C'était quoi ce miracle ? Comment avait-elle fait ? Était-ce de la magie ? De la sorcellerie ? Ma guérison faisait voler en éclats toutes ses certitudes. Ma mère lui montrait qu'il y avait autre chose que ses normes et ses règles. Il y avait aussi l'espoir et la prière.

— Voilà madame Fleury. Il va aller à l'école maintenant.

— Je crois qu'on ne se reverra pas madame Perez. Bravo !

— Passez nous voir quand même, venez prendre un petit café. Ça nous fera plaisir. Roland, dit au revoir à Mme Fleury.

Elle m'a fait une petite tape sur la tête, puis elle a quitté l'appartement. On ne l'a plus jamais revue. Même si des années plus tard, on entendrait à nouveau parler d'elle. Mme Vergepoche aussi a disparu de nos vies. Je n'ai jamais eu l'occasion de lui dire merci.

Chapitre 20

Le monde s'écroule

La vie peut être belle, emplie de magie, mais elle est aussi fragile. Litzie et moi étions mariés depuis dix-huit ans lorsqu'en octobre 2002 un grain de beauté suspect l'a poussée à consulter. Le verdict est tombé : ma femme avait un mélanome. Le cancer était en phase 4. À l'institut Gustave-Roussy, ils ont essayé de nous rassurer : « Il y a des grades 1 qui se passent très mal et des grades 4 qui finissent bien. » Une phrase pour le moins énigmatique mais, soit, nous allions faire face. Nous étions tous les deux si débordants d'optimisme, si confiants en la vie. La tumeur a été extraite de la jambe de Litzie et l'hôpital lui a proposé de suivre une chimiothérapie à titre préventif.

— Je vais perdre mes cheveux ? M'affaiblir ?

— Oui, madame.

— Et on est sûr du résultat ?

— Non. Rien ne garantit que cela servira à quelque chose.

— Alors c'est non. À quoi bon fatiguer mon corps, me diminuer, si on est sûr de rien.

— C'est vous qui décidez. Il est vrai qu'au moment où l'on se parle vous êtes en totale rémission. C'est juste une précaution.

L'affaire en est restée là. Tous les six mois, elle devait passer une visite de contrôle. Elle ne souhaitait pas que je l'accompagne. Peu à peu, d'autres métastases, éparses et diffuses, sont apparues, Litzie a continué de refuser la chimio pour laquelle on ne pouvait lui garantir aucun résultat. Les années ont passé. Trois ans et demi pendant lesquels nous avons vécu une vie normale. Litzie était joyeuse comme à son habitude, elle faisait du sport, sortait avec ses amis, elle rayonnait. Je n'avais aucune raison de m'inquiéter. Pourtant, dans son corps, le mal progressait. Nous avions entendu parler d'un nouveau traitement qui était à l'essai en Israël et pour lequel elle était éligible.

Pleins d'espoir, nous sommes arrivés à l'hôpital Hadassah de Jérusalem en janvier 2006. À l'accueil, une infirmière nous salue, me demande de remplir quelques formalités administratives, avant de m'interroger :

— Où est Mme Perez ?

— Heu... Elle est là, à côté de moi.

— C'est votre femme ? Oh, pardon. Je n'avais pas compris. Elle va bien alors !

Litzie et moi nous sommes amusés de cette méprise pendant qu'on nous dirigeait vers le bureau du professeur. Une petite soixantaine, le crâne dégarni, il a le nez plongé dans le dossier médical.

— Bon. Où est la patiente ?

Mais qu'est-ce qu'ils ont tous ici ? Ma femme n'est quand même pas transparente.

— Je suis là, devant vous !

Il regarde le dossier, puis Litzie, puis le dossier de nouveau.

— J'avoue que je ne comprends pas. Il doit y avoir un problème avec le dossier. Permettez que je vous examine.

Je ne comprends pas non plus. Après dix minutes à me bouffer les ongles, je les vois revenir.

— C'est incroyable ! Je viens d'examiner une patiente en pleine forme et dans le dossier j'ai une patiente dont le pronostic vital est engagé !

Je me lève d'un bond et le fusille du regard. Mais qu'est-ce qu'il raconte cet imbécile ! Tais-toi, tais-toi, nom de Dieu ! ai-je envie de lui crier.

Litzie ne dit rien, elle est là, à mon côté, tranquille, et pose doucement sa main sur mon bras. « Ça va aller » me disent ses yeux.

Nous repartons donc avec le traitement, une injection tous les deux jours. Oui, ça va aller.

Nous passons quelques jours à Jérusalem à nous balader dans les rues de la vieille ville, main dans la main, comme un couple de jeunes touristes. Elle est belle avec sa robe blanche, si élégante, si gracieuse. Je m'amuse de voir parfois les passants se retourner pour s'accrocher à son sourire. Mais je m'aperçois qu'elle s'essouffle vite, elle est parfois agitée de quintes de toux. Sans doute a-t-elle pris froid. Une bronchite peut-être ? Ça va aller. Mais de retour en France, le diagnostic me fait l'effet d'une bombe : les poumons sont métastasés. Ensuite tout va très vite, dans ma mémoire ces trois semaines restent comme enveloppées dans un épais brouillard. Litzie est à l'hôpital, on doit lui ponctionner de l'eau dans les poumons pour lui permettre de respirer. Il faut que j'en parle aux enfants, oui, maman est souffrante, mais ça va aller, elle va bientôt rentrer. C'est grave, très grave, je le comprends maintenant. Mais je ne mesure pas à quel point. Je me souviens de cette jeune professeure qui l'a suivie tout au long de sa maladie et qui sort de la chambre d'hôpital les yeux rougis.

— Elle va mourir ?

— Oui, elle va mourir.

Et puis la chambre pleine, la famille, mon père, tête baissée assis sur le lit, que je vois pleurer pour la première fois : « C'est pas dans l'ordre des choses. C'est pas dans l'ordre des choses... » Non, rien n'est dans l'ordre des choses durant ces jours où je ne peux rien faire d'autre que de la veiller, jour et nuit. Je revois les rabbins qui défilent dans la pièce, leur livre de prières à la main. L'un d'eux prend la main de Litzie pour la poser sur sa tête. Pourquoi fait-il ça ? C'est lui qui devrait la bénir. Mais ma belle est déjà entre les mains de Dieu, il ne peut rien. Litzie ne parle plus, ses yeux sont fermés : « Je sais que tu m'entends, mon amour. Ne m'abandonne pas. Je te promets que je serai toujours là pour les enfants, quoi qu'il se passe je les protégerai, je ferai pour eux tout ce qu'on avait prévu tous les deux. » J'ai mal. Le docteur me dit qu'il est temps d'aller chercher les enfants. Jusque-là, Litzie avait tenu à les garder à l'écart. Mon Dieu, comment leur dire ? Comment leur faire comprendre que c'est fini, qu'ils ne se réchaufferont plus au sourire de leur mère, qu'ils ne sentiront plus la chaleur de ses baisers sur leur front. Harold, l'aîné, viendra poser sa main sur la sienne une dernière fois.

Les petites resteront sidérées, incapables de franchir le seuil de cette chambre aux murs vides. Et puis, c'est le silence. Les instruments se taisent. J'ai l'impression que même les oiseaux se sont arrêtés de chanter. Mon ange est parti vers une autre rive. Adieu mon amour, adieu.

Litzie a été enterrée au cimetière de Pantin, aux côtés de ses parents. J'ai suivi le cortège dans un état second, avançant comme un automate, mes enfants serrés contre moi. Une foule immense était là pour lui rendre hommage, la famille, tous les amis, des habitants du quartier, des commerçants, des clients, des gens parfois que je ne connaissais pas et qui avaient croisé sa route une fois dans leur vie. C'était suffisant pour l'aimer, se laisser envoûter par son charme et sa douceur. Tous ces témoignages d'amour me réchauffaient le cœur, mais ils exacerbaient aussi en moi le sentiment d'injustice et la cruauté de cette perte. Pourquoi elle ? Comment un rayon de soleil peut-il s'éteindre en plein midi ?

Les mois ont passé, des mois gris et sans joie. Ludivine, notre cadette, allait mal. Elle venait d'entrer en sixième et chaque semaine elle était retenue en colle. J'ai appris qu'elle était punie parce qu'elle refusait « de faire signer son carnet de correspondance par sa mère » ! La pauvre n'avait pas réussi à formuler que depuis plusieurs mois elle n'avait plus de maman à ses côtés pour signer ce fichu carnet. Sa sœur, Lorie, qui avait trois ans de plus, rentrait chaque samedi de l'école essoufflée. Elle m'a expliqué qu'elle courait pour ne pas voir les mamans qui venaient chercher leurs filles pour les emmener faire des courses, comme le faisait Litzie avec elle toutes les semaines. La famille partait à la dérive.

Chaque matin, je me réveillais le cœur pris dans l'étau de son absence, rongé par un sentiment d'inachevé. Et puis un jour, l'évidence m'est apparue. J'avais fait une erreur en l'enterrant à Pantin, dans ce triste cimetière battu par la pluie et les bourrasques de vent. Elle, si solaire, je l'avais condamnée pour l'éternité à ce manteau de tristesse. L'étau dans ma poitrine s'est desserré. Ma décision était prise, nous allions l'emmener à Jérusalem. Un an après ces premières funérailles, parents et amis se sont retrouvés à nos côtés, en haut d'une colline, sous le soleil radieux, avec la vallée de Jérusalem qui étendait son ruban à nos pieds. J'ai su que ma femme était enfin à sa place, que cette fois les adieux seraient moins violents. En voyant le corps de sa mère enroulé dans son linceul, Ludivine a craqué, elle a pleuré toutes les larmes de son corps, lâchant d'un coup toute cette peine qu'elle avait tue. Plus tard dans la journée, j'ai vu mes trois enfants jouer ensemble dans la piscine, et rire enfin. Il y avait si longtemps. Certes, la tristesse était là, toujours vive, mais la joie s'invitait au cortège. Cette cérémonie a été une grande fête en l'honneur de Litzie, un hommage à sa beauté et à sa joie de vivre, une lumière digne d'elle.

Depuis, une question m'obsède, à laquelle je n'aurai jamais de réponse. Litzie savait-elle qu'elle était condamnée ? Elle a tenu quatre ans avec un cancer de grade 4, sans traitement et en restant debout jusqu'à la fin. Aucun des spécialistes qui ont croisé sa route n'a pu expliquer ce mystère. Elle est partie aussi belle qu'au premier jour. Au fond de moi, je pense qu'elle savait. Que toute cette force elle l'a puisée en elle pour nous protéger, le plus longtemps possible.

Durant les premiers mois du deuil, j'ai pensé que je n'allais pas y arriver. Je suis allé chercher de l'aide auprès d'un psychiatre. Je lui ai parlé de ma vie avec Litzie, de la manière dont elle avait été arrachée à moi, de cette douleur intolérable. Et évidemment, je lui ai parlé d'Esther, de ses audaces, son dévouement, sa présence à mes côtés, Esther, Esther, Esther...

— Votre père est décédé ?

— Ben non, pourquoi ?

— Je ne sais pas. Voilà une heure que vous me parlez de votre femme et de votre mère, mais pas un mot sur lui. Parlez-moi de lui, racontez-moi un souvenir d'enfance avec lui.

— ...

J'avais beau me creuser la tête, rien ne venait. Le trou noir. Durant toute mon enfance, mon père travaillait beaucoup et n'était pas souvent à la maison. Et quand il était là, nous n'avions que peu de contacts. Je ne me souviens pas qu'il m'embrassait lorsqu'il rentrait du travail. Il ne me demandait pas non plus comment j'allais. Je ne dirais pas que la question ne l'intéressait pas, mais il ne s'adressait qu'à ma mère, de préférence en dialecte marocain. Comment va le gosse ? Ma douleur, mon traitement, les soins... c'était l'affaire d'Esther. Chacun son rôle. Lui faisait sa part en trimant pour gagner l'argent nécessaire à me soigner. Mon père était un taiseux. Il était sincèrement affecté par mon handicap, par les souffrances que j'endurais. Mais c'était un homme à la tristesse silencieuse. Le gosse allait bien, il ne pleurait pas, et il en était surpris, admiratif je crois. Mais cet équilibre pouvait être fragile, il ne fallait pas y toucher, pas trop s'approcher. Comme si sur une parole le château de cartes pouvait s'écrouler.

Face au psy, je me suis senti honteux, et coupable de n'avoir pas essayé d'échanger avec lui, simplement le remercier d'un geste, d'un regard. Ma relation fusionnelle avec Esther l'avait tenu à l'écart. Le psy m'a confié une mission : aller dîner en tête à tête avec lui.

— Dîner avec lui ? Seul ? Mais qu'est-ce qu'on va se dire ?

J'ai mis beaucoup de temps à l'appeler. Et Esther ne m'a pas facilité les choses. À chaque fois que j'appelais chez eux, c'est évidemment toujours elle qui décrochait. Le téléphone, ce n'était pas vraiment du goût de mon père.

— Tu peux me passer papa ?

— Papa ? Mais qu'est-ce qui se passe ?

— J'ai un truc à lui dire.

— Mon Dieu. Ça va pas ! Tu es malade c'est ça ? Dis-moi ce que tu as ?

— Mais non maman, je veux juste parler à papa.

— Tu as besoin d'argent ? Mais quoi alors ? Les enfants ! Mon Dieu, c'est les enfants.

Face à mon insistance, elle a fini par lui passer le combiné, en veillant bien à mettre le haut-parleur ! Échange de politesses. Ça va ? Ça va. Et, derrière la voix d'Esther qui en boucle se lamente : Le gosse, je suis sûre qu'il va pas bien. Je le sens. Il veut pas me parler. *Le refrain a duré des heures, des jours.* Pourquoi il t'invite à dîner ? Il se passe quelque chose de grave. Mon Dieu, mon Dieu ! Il est malade, il veut pas me le dire !

Le jour J, je passe prendre mon père en bas de l'immeuble. Et qui est-ce que je vois arriver ? Mon Esther, toute pomponnée, prête pour une soirée de gala. Je ne dirais pas que j'ai été surpris. Mais il m'a fallu toute la force de ma volonté pour rester ferme.

— Non maman, tu ne viens pas.

Si je lui avais planté un couteau dans le ventre elle n'aurait pas réagi autrement. Elle a poussé des hauts cris à en ameuter tout le quartier. Le psy avait touché juste, elle avait complètement verrouillé ma relation avec mon père.

Après de longs pourparlers, elle a finalement tourné les talons, non sans nous avoir jeté un regard furibond. J'étais tendu. Mon père aussi, je crois. Qu'est-ce qu'on allait bien pouvoir se dire ? Sa vue avait beaucoup baissé, ce qui m'a permis de gagner au moins dix minutes à lui lire le menu et à le commenter dans ses moindres détails. Puis, après un court silence, les mots sont sortis tout seuls, comme s'ils étaient restés coincés dans ma gorge depuis toutes ces années. Je lui ai parlé de Litzie, de mon inquiétude au sujet des enfants, de la difficulté de réinventer un quotidien sans elle. Il m'a écouté. Puis, comme si lui aussi avait attendu ce moment, il s'est confié, m'a dit à quel point il avait aimé ma femme, la souffrance que lui avait causée sa mort. Pour la première fois, il m'a parlé de son enfance, de la perte de sa mère lorsqu'il avait quatre ans et de la façon dont la souffrance de mes enfants ravivait ce souvenir. Et, évidemment, nous avons beaucoup parlé d'Esther. De leur rencontre, de leur amour et de toute l'admiration que lui et moi partagions pour elle. Mais ça, je ne l'ai pas dit à mon psy.

Dans les mois qui ont suivi, nos rapports ont changé. Bien sûr, nous n'avions pas de grandes conversations. Mais des silences moins gênés, des regards plus appuyés. Je m'asseyais près de lui, lui parlait des enfants, tandis qu'il épluchait une pomme et m'en tendait un morceau. Puis, il s'est affaibli, peu à peu. Voir Litzie mourir l'avait affecté plus encore qu'il ne le disait. Six mois après elle, il s'est éteint. Six mois durant lesquels j'ai pu rattraper le temps perdu grâce à la clairvoyance de ce psychiatre.

Chapitre 21

Je ne serai pas danseur

— Dis, Jessica. Tu peux me porter s'il te plaît ?
— Non.
— S'te plééé ?

C'est fou comme le métro sent mauvais quand on a le nez à un mètre vingt-deux du sol. Durant sept ans de ma vie j'avais été tenu au-dessus des relents de transpiration et des exhalaisons douteuses, aujourd'hui j'allais devoir faire avec. Rajustant mon cartable sur mon dos, je baissais les yeux sur mes bottines blanches à lacets. Depuis trois mois que je les portais, on en avait fait du chemin ensemble, des premiers pas hésitants aux balades au pas cadencé chez les commerçants du quartier. Et aujourd'hui, mes brodequins magiques m'accompagnaient pour mon premier jour d'école.

La décision avait été prise au début de l'été. Pour éviter à ma mère de m'emmener chaque jour, j'irais avec Jessica à l'école des enfants du spectacle. Question de bon sens. Mais pour cela, il fallait justifier de prédispositions artistiques. Ma sœur avait pu l'intégrer des années plus tôt, grâce à sa participation au Petit Conservatoire de Mireille. Mais, moi ? Ma carrière se limitait aux interprétations enthousiastes des tubes de

Sylvie devant un public acquis à ma cause, essentiellement les voisines et la famille. Il avait fallu à Esther des trésors d'inventivité pour me faire admettre rue du Cardinal-Lemoine.

— Non, il n'est pas allé à l'école avant. Il pouvait pas, il a joué dans un film au Maroc ! Vous comprenez, mes parents sont au pays et il a été repéré pendant les vacances. Comme ça. Dans la rue.

— Mais quel film, madame ?

— Un beauuu film ! Il a eu un grand succès là-bas. Et Roland il avait un rôle important ! Il a travaillé pendant un an sur le tournage. Ils ont même trouvé quelqu'un pour lui apprendre à lire et à écrire.

— Un professeur particulier ?

— Ouiouioui. C'est ça ! Un professeur particulier.

C'est ainsi qu'à sept ans, tout juste debout sur mes quilles, j'entrais au CP dans cette institution pour artistes en herbe. Ma fougue de merle chanteur n'allait pas tarder à se crasher sur le mur de la réalité.

— Regarde, regarde, tu as vu ses grolles ?

— Eh gogol !

— Trop moches. C'est des chaussures de paralysé !

Moi, le petit protégé, n'ayant jusque-là connu que l'amour et la bienveillance, j'étais lâché dans la jungle. Recroquevillé sur moi-même, j'allais me réfugier dans un coin de la cour, les jambes repliées sous moi, tentant maladroitement de dissimuler mes bottines blanches qui soudain n'étaient plus magiques du tout. Cette fois, Esther me donna le coup de grâce. La réalité était pour elle une notion toute relative. L'emploi du temps de l'école était partagé entre les cours l'après-midi et les activités artistiques dans la soirée. Mon expérience supposée du cinéma aurait dû me conduire tout naturellement vers une option comédie. Mais les enseignements avaient lieu au Cours Simon, en dehors de l'école, et étaient payants. Mes parents avaient déjà fait d'énormes sacrifices pour mon traitement. Pour payer les corsets, les attelles, les chaussures, le tout sur mesure, mon père avait cumulé les emplois et travaillé comme un damné. Il leur était difficile d'assumer des frais supplémentaires. Qu'à cela ne tienne ! On n'aurait qu'à l'inscrire à la danse ! Puisque je marchais, je pouvais bien danser. Il était où le problème ? C'est tout juste si ma mère n'avait pas vanté mes prédispositions !

Esther m'emmena donc chez Repetto, dans le Marais, et là, au milieu des tutus et des jupons, elle me choisit un collant blanc moulant et des demi-pointes. Je me disais qu'après tout, se trémousser en rythme pouvait être amusant. J'étais loin d'imaginer ce qui m'attendait. Mlle Corbeau, notre professeure de danse, une grande perche sèche comme un coucou, avait la ferme intention de former les étoiles montantes du ballet. *Un, deux, trois, quatre. Un, deux, trois, quatre.* Les bras levés, le menton droit, un coup penché à droite, un coup à gauche, j'arrivais tant bien que mal à arquer mon buste. Planqué au fond de la classe, je m'appliquais à imiter mes camarades, même si l'angle formé par mes bras tenait plutôt de la pyramide disloquée que de la couronne. Les problèmes ont commencé avec la position des pieds. *Allez ! Première, deuxième, troisième, quatrième...* Mes jolis chaussons de danse tout neufs n'étaient évidemment pas adaptés à ma physionomie bancale. Le gauche était trop petit et m'écrabouillait les orteils, tandis que le droit, celui de mon pied malade, était trop grand. Si bien que mon talon, encore légèrement tordu et rabougri, se faisait la malle au moindre mouvement pour venir s'écraser sur le parquet. *Première.* Ouille ! *Deuxième.* Aïe ! *Troisième.* Pffff… Je passais mon temps à sautiller sur un pied pour remettre le chausson. Un œil rivé sur la professeure, l'autre sur le garçon qui se trouvait à mes côtés, Jean-Pierre, dont j'enviais la grâce et l'assurance. Pendant les deux premiers jours, mes prouesses ont miraculeusement réussi à passer sous les radars de Mlle Corbeau. Puis arriva le moment fatidique, le clou de ma carrière de danseur : le saut de chat. Nous devions à tour de rôle sortir du rang pour effectuer la cabriole. *Un deux trois quatre, saut de chat ! – Un deux trois quatre, et hop, saut de chat !* Je commençais à invoquer le dieu d'Esther et tous ses saints en essuyant les perles de sueur qui dégoulinaient le long de mes tempes et en reculant discrètement pour tenter une retraite – *Baba Salé, aide-moi pour qu'elle ne s'aperçoive de rien.* Je ne devais pas y mettre les accents de ma mère car visiblement le bon génie ne comprit pas ma supplication. Un coup de coude assassin me propulsa sur le devant de la scène. Plus le choix, je m'élance, *un, deux…* mon pied s'écrase de biais, je m'envole d'un côté, mon chausson de l'autre, et, dans un grand silence qui me semble durer une éternité, je m'écrase de tout mon long aux pieds de la professeure de danse sous les rires de l'assemblée.

— C'est quoi ça ? hurle-t-elle en pointant ma jambe atrophiée. Faites voir ! Enlevez-moi ce collant immédiatement.

Toujours au sol, j'obtempère et, tremblant, je me déshabille devant toute la classe, découvrant mon pied tordu et mon mollet filiforme couvert de cicatrices. Les autres, ne perdant rien du spectacle, ne prennent même pas la peine d'étouffer leurs gloussements. Jamais depuis la salle d'examen du docteur Prochion je ne m'étais senti aussi humilié. La suppliant du regard, j'ai réussi à articuler l'excuse toute faite qu'avait échafaudée Esther.

— J'ai eu un accident de voiture... avec mon tonton. (*Tu dis bien que c'est avec tonton, hein ? Pas nous. Tonton !*)

— Mais qu'est-ce que vous foutez là ?

— C'est ma mère...

— Votre mère doit bien savoir que vous ne pouvez pas danser ! Fichez le camp et allez vous rhabiller ! Je ne veux plus vous voir. Vous ne pourrez jamais danser ! hurle-t-elle.

Comme si je briguais le statut de danseur étoile à l'Opéra de Paris...

J'étais furax. J'en voulais à la danse, aux élèves, à cette mégère en justaucorps et à Dieu qui n'avait rien fait pour empêcher ça. Et, pour la première fois, j'en voulais à ma mère.

— Tu savais ! Tu savais ! Pourquoi tu m'as fait ça ?

Ce soir-là, Sylvie a été la seule à ne pas prendre une volée de bois vert. Je me suis réfugié dans un coin, en boule autour de mon mange-disque, en écoutant en boucle ses chansons. Ma seule consolation, mon doudou.

— Vous n'allez pas le renvoyer parce qu'il a eu un accident de voiture quand même ! Ça va pas ou quoi ?

Esther n'allait pas s'en laisser conter par Mme Boyer, la directrice de l'école. Les proviseurs, les profs, elle n'en faisait qu'une bouchée. Elle était capable d'interrompre un cours pour contester les appréciations vachardes et les notes de ses rejetons. L'idée n'était pas d'écouter les professeurs se justifier, mais plutôt de leur enjoindre de réviser leur jugement, car évidemment il ne pouvait s'agir que d'une erreur. En un mot, le problème ce n'était pas ses enfants, mais bien les professeurs. Et ils allaient comprendre de quel bois se chauffait Esther. Pour éviter que la situation ne s'envenime et que la voix de ma mère ne se fasse entendre à travers tout l'établissement, ils étaient finalement contraints d'interrompre leurs cours pour s'entretenir avec « Mme Perez » ! Et ça, Mme Boyer allait vite le découvrir.

— Puisque votre fils a déjà fait un film, on va le mettre au cours de comédie, tenta-t-elle dans un souci de conciliation.

— Voilà, très bien.

— Est-ce qu'il a des dispositions pour le chant ?

— Oh oui ! Il chante tout le temps !

— Très bien. En plus je peux l'inscrire à la chorale de l'Opéra de Paris, on a justement un désistement. Vous pensez qu'il peut le faire ?

— Mais oui ! Mais oui !

Me voici donc propulsé comédien et chanteur, en route pour le music-hall. Mais toujours un paralytique aux yeux de mes camarades. J'étais censé garder pendant un an mes chaussures blanches indifférenciées (il s'avéra que les rouges étaient trop voyantes vu les circonstances). Un an de moqueries et de honte ravalée.

— Maman, j'en peux plus de ces chaussures. Je veux les enlever. Je préfère encore avoir le même pied qu'avant.

— Encore un peu mon chéri.

Finalement Esther a cédé au bout de quelques mois et j'ai troqué mes brodequins contre des Clarks flambant neuves. Je ne lui serai jamais assez reconnaissant de s'être battue toutes ces années pour m'éviter les grosses chaussures orthopédiques. Je ne suis pas sûr que j'aurais eu la force de le supporter.

Ma nouvelle vie d'enfant star pouvait commencer.

Chapitre 22

Mes débuts dans le showbiz

— Dites monsieur, vous pouvez me porter s'il vous plaît ?

Dès l'année suivante, Jessica ayant fini l'école, je prenais le métro tout seul. Petit bonhomme avec son grand cartable, il m'arrivait parfois, aux heures de pointe, d'avoir des bouffées d'angoisse et d'interpeller un quidam pour qu'il m'extraie le nez de la fournaise. Parfois ça marchait et une âme charitable me soulevait du sol, le temps pour moi de respirer quelques bouffées d'air. À l'école, j'étais devenu un garçon comme les autres, accepté et apprécié de ses camarades. La méthode Vartan ayant fait ses preuves, on m'avait fait sauter une classe. Je me régalais aux cours de comédie : les improvisations, le travail sur le corps, l'expression. Le petit Roland devenait grand, fier et bien campé sur ses pattes. Pour la première fois je me sentais libre.

Parfois, un producteur passait dans les classes pour choisir des enfants, comme il aurait sélectionné des têtes de bétail. Celui-là, celui-là. Et nous, des étoiles dans les yeux, nous tendions le cou, tout sourire, en croisant les doigts pour être remarqués. À ce jeu-là, j'avais de la chance. Ma mine rieuse et mes yeux malicieux plaisaient. Ma seule peur était qu'ils me demandent de courir ou de faire des cabrioles. Avec ma jambe encore fragile, l'exercice était périlleux. Mais ça, pas question d'en parler. Esther veillait. Avant chaque figuration, elle m'accompagnait à la visite médicale.

— Mais qu'est-ce qui est arrivé à sa jambe ?

— Ça ? C'est rien du tout. Ils ont fait une erreur à la naissance, ils l'ont opéré.

— Comment ça ils l'ont opéré ?

— Ils l'ont pris, comme ça, et ils l'ont opéré.

— Mais qu'est-ce qu'il avait ?

— Mais riiiiien, riiiien. Ils l'ont opéré et ils me l'ont rendu comme ça ! Le pauvre chéri.

— Mais enfin madame...

— C'est rien je vous dis ! Il va très très bien !

Les types devenaient fous et finissaient par signer mon certificat d'aptitude.

Mon premier grand rôle a été une pub pour la promotion de la banane. Le tournage se faisait dans la cour de récré et, évidemment, il me fallait courir d'un arbre à l'autre ! Tout ça en mangeant une banane, en souriant de toutes mes dents et en déclamant mon slogan : « Avec la banane, j'ai la banane ! »

— Tu boites ? Tu t'es fait mal ?

— Non, c'est parce que ma chaussure elle me fait mal.

Prise après prise, je me concentrais de toutes mes forces pour bien balancer une jambe devant l'autre. *Surtout ne pas tomber, surtout ne pas tomber.* Une dizaine de bananes plus tard, l'affaire était dans le sac. La pub a tourné en boucle sur toutes les chaînes de télé. Mon heure était venue : j'étais une star dans le quartier.

— Mais c'est pas le petit Perez de la porte de Choisy ?

— Mais non, il marche pas. Ça doit être son frère.

— Je te dis que c'est lui !

Ma mère se faisait arrêter dans la rue. Elle se pavanait comme Marilyn Monroe sur Lexington Avenue.

— C'est le petit ? Mais il marche ?

— Bien sûr qu'il marche ! Et ça va pas s'arrêter là, je vous le dis !

Et effectivement, ça ne s'est pas arrêté là. Je suis devenu la coqueluche des émissions de Maritie et Gilbert Carpentier – *Il est mignon ce gosse, il sourit tout le temps.* Je les avais tellement regardées depuis mon lit d'enfant reclus ces émissions du samedi soir. Et maintenant j'étais là, dans la télévision, à faire de la figuration parmi d'autres enfants, accompagnant Joe Dassin ou Petula Clark dans leurs playbacks. Après quelques années, l'envers du décor était devenu une routine, les changements de lumière, les costumes... rien n'avait plus de secret pour moi. Jusqu'à ce que mon cœur chavire. J'avais douze ans et une fois de plus j'étais sélectionné pour une émission dont je ne savais rien à l'avance. *Envoyez les enfants pour le plateau 5 !* C'est parti, silencieusement, en file indienne. Et là, Sylvie, diaphane, plongée dans une baignoire pleine de mousse, termine un duo avec Jean-Claude Brialy : *Une bulle, une bulle, je ne suis qu'une bulle.* Si elle était une bulle, moi j'étais devenu une statue de sel. Complètement tétanisé. Mais qu'est-ce qui m'arrivait ? Sylvie était là, devant moi, si réelle que j'aurais pu la toucher. Manifestement, tout le monde s'en foutait autour de moi. Il fallait absolument que je cache mon trouble. Personne ne devait soupçonner ce qu'elle représentait pour moi. Ce qui ne fut pas simple puisque je découvris effaré que les costumes d'époque dont nous étions affublés – gilet blanc et chapeau de paille – étaient prévus pour l'accompagner dans son duo suivant avec Jean-Jacques Debout. *Ne pas la regarder, surtout ne pas la regarder, que je ne croise pas son regard.* Elle chante. *Ah, c'que c'est beau la peinture en couleurs.* Dans un état second, je m'applique. Je me mets là où on me dit de me mettre, je fais ce qu'on me dit de faire et j'évite de l'approcher. Ces trois minutes furent pénibles. Sylvie vivait dans mon imaginaire, elle m'avait accompagné et soutenu tout au long de ces dix-huit mois d'emprisonnement, jour après jour, comme une fée protectrice. Et je voulais que rien ni personne n'abîme cela. Le fait de la voir la rendait réelle, et je ne voulais pas qu'elle le soit. Je me suis empressé d'oublier cet épisode.

— Alors, comment c'était aujourd'hui Mchikpara ?

— Bien. Normal. On a fait des tableaux.

Chapitre 23

Mes doublures

Ma carrière s'est ensuite poursuivie au cinéma. J'ai décroché des rôles dans *L'Italien des roses*, de Charles Matton, où je jouais le petit frère de Richard Bohringer, et dans *Du blé en liasses*, d'Alain Brunet. Puis il y a eu l'Opéra de Paris où je quittais le répertoire de Sylvie Vartan pour entonner la *Tosca*. J'ai aussi découvert la Comédie-Française, le Théâtre de Paris... Il faut dire que j'avais un imprésario hors pair en la personne d'Esther.

— Comment ça il est pas fait pour le rôle ? Vous plaisantez ?

— Il a les yeux trop noirs.

— Mais de loin ça se verra pas.

— Non, madame, il nous faut des yeux clairs.

— Ah mais pas de problème ! J'en ai un il a les yeux gris-vert.

— Ah... Il est à l'école du spectacle ?

— Non, il a arrêté, il avait trop de demandes. Je vous le ramène tout de suite.

Trop jeune ? Trop vieux ? Trop typé ? Qu'importe. Elle en avait toujours un autre sous la main. Et avec un CV long comme le bras. Le boulevard du mensonge à elle toute seule. Mais elle affirmait les choses avec tant d'aplomb que ça passait. *Et puis mettez ça sur le compte de Roland. – Mais l'autre il s'appelle Jacques ? – C'est pareil.* Les types devenaient dingos, mais ils finissaient par lâcher face au bulldozer et en étaient réduits à faire des faux ; mes frères n'ayant évidemment pas de comptes d'enfants artistes à la Caisse des dépôts.

Le pauvre Richard a failli ne pas s'en remettre. J'avais décroché un rôle dans *Hadrien VII,* de Peter Luke, au Théâtre de Paris où, un soir sur deux, je jouais un enfant de chœur aux côtés de Claude Rich. C'était la consécration. Mais au bout de quelques mois de représentations, mon genou m'a lâché. Le drame. Il était impensable de faire monter sur scène un enfant de chœur avec des béquilles. « Heureusement », Esther avait la solution. *Tous aux abris !* avais-je envie de leur crier.

— Ah, mais j'en ai un autre ! C'est le même ! Un tout petit peu plus petit, mais ils se ressemblent beaucoup. Deux gouttes d'eau ! Et puis c'est pratique, comme ça on garde le même contrat. C'est pas vrai ?

— Oui, madame, ça semble être une bonne solution. Il peut jouer ce soir ? Il connaît le rôle ?

— Oh mais oui ! C'est lui qui fait répéter Roland !

Bien sûr, Richard ne m'avait jamais fait répéter une ligne.

Retour fissa à la maison, elle attrape mon frère par le colback en passant en bas de l'immeuble.

— Richard, monte, vite. Il faut que tu apprennes le rôle de Roland pour ce soir.

— Q-q-q-q quoi ???

J'étais désespéré.

— Maman, tu vois bien que c'est pas possible ! Y en a marre de tes plans à la noix. On va perdre le rôle, on va tout perdre !... Bon. Allez Richard, t'as pas le choix, tu vas le faire !

— M-m-m...

— Y a pas de mais ! On y va.

Et me voici dans le salon, en train de faire les cent pas en assénant mes répliques à un Richard déconfit. Heureusement, mon rôle consistait en grande partie à me tenir debout et à déclamer trois phrases. Mais ce n'était pas gagné.

— Le curé est parti.

— Le c-c-cu-cu...

— Putain !

— La sacristie...

— La ssss...

— AAAARGH !

— Calme-toi Mchikpara. Ça va aller.

— Non ça va pas aller ! Tu vois bien, ça va pas aller !

Plus je m'énervais, plus le pauvre Richard se bloquait. Ce qui n'entamait pas d'un pouce la détermination d'Esther. Elle m'avait imaginé à l'Opéra de Paris avec ma patte folle, elle voyait déjà Jessica à Hollywood, pourquoi pas Richard articulant les grands classiques sur scène !

Le soir venu, dans les coulisses, elle tenta de nous rassurer, moi en hyperventilation, mon frère aussi blanc que sa soutane. À l'ouverture du rideau, il allait devoir entrer en scène devant sept cents personnes et balancer sa première réplique. Ça allait être un massacre. C'était Diên Biên Phu ! Waterloo ! Je ne voulais pas voir ça.

Les trois coups retentirent. Ouverture du rideau. Et le brave soldat Richard fit son entrée. On lui avait collé mon costume qui, un peu trop grand pour lui, traînait par terre. Ses cinq premiers pas furent parfaits. Au sixième, il se prit les pieds dans le surplis et, dans un fracas, s'étala de tout son long. Je lâchai mes béquilles pour me couvrir les yeux. À mon côté, Esther s'accrochait à son sac à main, en marmonnant des appels de détresse à Baba Salé tandis que les producteurs, les yeux écarquillés et la bouche grande ouverte, avaient cessé de respirer. La salle entière explosa de rire, pensant que cette entrée rocambolesque faisait partie de la mise en scène. Rouge comme une pivoine, Richard rassembla tout son courage pour se relever et recouvrer un semblant de dignité. Affrontant le regard du public, il se lança :

— Lll-le-le...

Humilié, il me jeta un regard désespéré tandis que les rires redoublaient dans la salle. Et vas-y qu'on s'esclaffe, qu'on pleure de bon cœur, qu'on se tape sur les cuisses.

Je transpirais de honte et regardais ébahi notre Esther qui se rengorgeait, goûtant avec fierté le succès public de son fiston sous le regard noir du metteur en scène.

Je fixe Richard, lui hurlant en silence sa réplique avec force grimaces :

— LE-CU-RÉ-EST-PAR-TI.

Et paf ! Il la lâche :

— Lle-le-le curé est parti.

Ovation dans la salle. Mais qui est ce splendide comédien qui joue si bien les ahuris ?

Ma mère n'en peut plus, elle fait la toupie au milieu de l'équipe, file d'un producteur à l'autre.

— Voyeeez comme il est applaudi ! Comme il joue bien mon fils ! Un comédien-né !

— Moui… C'est passé. Mais heu… j'ai pas compris. Il bégaye votre fils ?

— Noooon, pensez-vous, c'est l'émotion.

Mon frère Richard a tenu le rôle pendant trois semaines. Plus jamais il n'a bégayé sur scène. La pièce, elle, a tourné pendant un an. Et moi je suis tombé amoureux du théâtre, de ses odeurs, de ses rouges et de ses ors, du dédale de ses coursives et des cintres chargés de costumes merveilleux. Et, surtout, de son public si vivant.

Chapitre 24

Une rencontre au sommet

Après le décès de mon père, Esther a bien failli perdre les pédales. Lorsque je suis passé chez elle, le soir des funérailles, son coiffeur était là, affairé sur ses cheveux.

— Heu... maman, ça va ? Qu'est-ce que tu fais ?

— Oh, mon chéri. Regarde, je ne peux pas rester comme ça. Je ne peux pas...

On devait partir en Israël le lendemain pour accompagner la dépouille de mon père. Dans la religion juive, il est de coutume de rester enfermé sept jours dans la maison avec la famille, les amis, tous les proches. On rit, on parle pour accompagner le deuil. Une façon d'éviter le néant. Mais comment envisager de rester sept jours sans être coiffée ? Pauvre Esther... Comme je la comprenais, elle essayait de se raccrocher à ce qu'elle pouvait.

Arrivée à Jérusalem, elle s'est effondrée. Son corps refusait cet adieu. Ses bras et ses jambes ont cessé de fonctionner, elle pouvait à peine parler. La grande Esther était devenue une toute petite chose recroquevillée sur elle-même. À la fin des sept jours, nous devions tous rentrer à Paris. Sauf ma mère qui, pour respecter le pèlerinage, avait prévu de passer une année entière près de son époux. Mais comment la laisser ? Elle ne tenait plus sur ses jambes. Avec mes frères et sœurs, nous avons décidé de recruter une aide pour l'accompagner dans les gestes quotidiens. Mais qui allait être capable de survivre à Esther ? Commença alors un improbable casting : trop molle, trop bizarre, trop rigide, ne parle pas français... Notre choix s'est arrêté sur une belle femme d'une soixantaine d'années, élégante, mélange de douceur et de fermeté. Elle était parfaite.

On traîne Esther jusqu'au canapé du salon.

— Maman, voici Jacqueline. Elle va s'occuper de toi, essayer de te faire marcher tous les jours...

Ma mère s'adresse à nous comme si la pauvre femme était sourde :

— Non, mais vous l'avez vue ? Regardez comment elle est habillée. Et puis ses mains, elles sont manucurées. Non, non, non, elle va pas s'occuper de moi, c'est d'elle qu'elle va s'occuper.

— Heu... elle est là, elle t'écoute là.

— Évidemment qu'elle m'écoute !

— Au contraire, maman. Regarde, elle est élégante comme toi, elle va te redonner le goût de t'habiller, de te maquiller.

— Je ne veux personne ! Désolée madame, ça ne m'intéresse pas.

— Tu n'as pas le choix, tu ne peux rien faire toute seule. Elle va rester avec toi jour et nuit.

— Hein ?! Jour et nuit ?... Vous savez faire le ménage ?

— Oui, les petites choses. Mais je ne vais pas récurer votre maison !

— Eh ben, voilà. Je vous l'avais dit. Elle veut pas faire le ménage.

Jacqueline semblait avoir du caractère. Elles allaient pouvoir s'affronter. Quoi de mieux pour stimuler Esther ? Pour motiver l'accompagnatrice, qui n'avait sans doute pas encore mesuré le tempérament de sa malade, je lui ai promis une prime si elle réussissait à faire sortir ma mère et à l'emmener à la plage.

De retour à Paris, j'appelle et c'est Jacqueline qui décroche :

— Votre mère a eu une journée splendide ! Nous sommes allées à la plage, elle a pris un bain de soleil, on a fait une longue balade.

Décidément, cette femme était impressionnante.

— Mais c'est parfait. Vous pouvez me la passer ?

— Elle se repose, là. Elle est très fatiguée.

Et du fond de l'appartement, j'entends ma mère hurler :

— JE NE SUIS PAS FATIGUÉE ! PASSEZ-MOI MON FILS !

On dirait qu'elle retrouve de la voix.

— Maman, ça va ?

*— Et comment ça peut aller, hein ? lâche-t-elle dans un souffle. Elle m'a tuée, elle m'a tuée. Chérie, elle m'a obligée à marcher, marcher, je n'en pouvais plus. Sur la plage, elle a voulu que je prenne le soleil. Eh ben, tu sais quoi ? Elle m'a enlevé ma chemise ! J'étais en soutien-gorge au milieu des gens, tu m'entends ? En soutien-gorge ! Mais qu'est-ce que vous lui avez dit, vous lui avez demandé de me tuer, c'est ça ? Parce que c'est ce qu'elle fait. Marcher, marcher, marcher. Elle me tire comme un chameau… comme une vachette. C'est ça. Je suis la vachette d'*Intervilles *! S'il te plaît, je veux qu'on me laisse tranquille… Laissez-moi…*

J'ai dû modérer les ardeurs de Jacqueline, lui promettre qu'elle l'aurait de toute façon sa prime. Et la pauvre la méritait. Elle est restée deux mois avec Esther, deux mois de duels permanents. Avec à l'arrivée une Esther requinquée.

— Je me sens beaucoup mieux, j'ai plus besoin d'elle ! Pourquoi on la paye encore ? C'est moi qui m'occupe d'elle maintenant : je fais la cuisine, je lui sers son thé, je lui montre mes recettes... et en plus je fais le guide ! Il y a plein de coins qu'elle connaissait pas. C'est moi qui devrais être payée !

Se sentir dépendante avait été l'électrochoc qu'il lui fallait. Esther était bel et bien debout, dans toute sa pétulance, fidèle à elle-même.

De plus en plus, je me devais de veiller sur elle, de l'inclure dans ma vie. Avec les années, Sylvie et moi étions devenus proches. Nous dînions l'un chez l'autre, je connaissais son mari, je me sentais proche de sa fille, Darina. De son côté, elle avait rencontré mes enfants, savait l'originalité de ma mère... Il était temps de lui présenter celle qui était si chère à mon cœur. J'ai donc organisé un repas pour lequel je comptais rassembler quelques personnalités du petit écran, pour la plupart des clients et, surtout, des amis. Esther était aux anges. Pensez donc, elle, la petite immigrée du Maroc, allait partager un repas avec des people.

Plusieurs heures avant le rendez-vous elle était déjà chez moi, excitée comme une puce. Des glaces pour le dessert ? Et pourquoi pas des yaourts ? Mais ça va pas ! Tu peux pas servir ça à tes invités ! Tiens, j'ai préparé des cigares au miel. Et ça ? C'est quoi ? Tu vas quand même pas servir dans ce plat. Oh lala ! Il va pas y avoir assez de vin, je t'avais dit pourtant ! *Et elle s'agitait en tous sens, mettant à sac mon organisation, en invoquant Dieu à chaque seconde. J'avais beau lui expliquer que tous ces gens étaient des êtres normaux, des personnes comme elle et moi. Rien n'y faisait.* Quand même, ils font de la télé !

Je réussissais néanmoins à garder mon calme. Mais ma sérénité a vacillé quand elle a abordé le sujet Sylvie.

— Ouhlala, quand je vais lui raconter comment tu l'as écoutée depuis que tu es petit ! Je comprends pas pourquoi tu lui as jamais dit !

— Maman ! Je vais devoir te le répéter combien de fois ? Je ne veux pas qu'elle le sache.

— Je comprends pas ! Il est où le problème ?

— Je suis son avocat, tu m'entends ! Pas un fan qui a tout fait pour la rencontrer et qui l'invite maintenant chez lui. Elle va me prendre pour un fou. C'est quoi ça ? C'est Liaison fatale *? Il est hors de question qu'on lui raconte.*

— C'est ridicule.

— Mais c'est comme ça.

Comme ça ? Pour Esther rien n'était jamais « comme ça ». Cinq minutes plus tard elle me relançait.

— Je te jure que je lui raconte pas pour ton pied. Mais au moins je peux lui dire tous les disques qu'on a achetés, tous les magazines, comment tu apprenais à lire avec ses chansons. Et puis les spectacles ! Oh lala ! Avec tout ce que ça nous a coûté, on peut bien lui dire.

— T'es insupportable. Qu'est-ce que tu comprends pas dans le mot « non » ? Hein ? Y a qu'un fou qui aurait pu vivre un truc pareil.

— Je comprends pas, je comprends pas, je comprends pas ! Moi quand on me dit que je suis belle, que je suis importante, et ben je suis contente ! Et elle non ? Tu es beau, tu es gentil, tu es avocat. Ou est-ce qu'elle va trouver un ami comme toi ? Elle fait presque partie de la famille déjà !

— Tu me soûles maman !

Ça a duré des heures, jusqu'à ce que les invités arrivent. J'étais sur des charbons ardents. Je devais m'occuper de les accueillir, veiller à ce qu'ils ne manquent de rien, m'enquérir de leur santé, tout un gardant un œil rivé sur Esther qui tournait autour de Sylvie comme un papillon autour d'une lanterne. Si seulement j'avais pu la bâillonner. Je redoutais chaque moment où je devais les quitter des yeux pour aller en cuisine chercher une bouteille ou faire le plein de petits fours. Mes amis me voyaient traverser la pièce comme une fusée, revenir illico, courir en tous sens, faire des cercles concentriques autour des deux femmes pour capter une bribe de leur conversation. J'avais l'air d'un idiot. Mon cauchemar a atteint son acmé lorsque au moment de se mettre à table elles se sont installées l'une à côté de l'autre. Non seulement Sylvie était prisonnière des griffes de ma mère, mais elle était tombée sous son charme, l'écoutant attentivement, la questionnant. Pour que son mari, Tony, n'en perde pas une miette, elle lui traduisait la conversation en simultané. Des interruptions bienvenues qui avaient l'avantage de couper ma mère dans son élan. Look at her ! She's so cute ! She says Roland knows everything about me. *Manquant de m'étouffer avec mon verre de vin, je lançais des regards assassins à Esther tout en cherchant sous la table son mollet du bout de ma chaussure. Heureusement pour elle, ma jambe était trop courte.*

— Maman, tu peux venir en cuisine ? J'ai besoin de toi.

— Attends, tu vois bien que je discute là.

— Tout de suite !

Et ça repartait de plus belle : sermons, incompréhension, supplications.

— Mais j'ai rien dit !

— Arrête maman, je t'ai entendue ! Je t'en supplie. C'est mon histoire, d'accord ? Et je ne veux pas que tu la racontes.

— Pas du tout. C'est MON histoire à moi aussi. Et moi j'ai envie de la raconter.

Tout cela était peine perdue. Aussitôt revenue à table, elle remettait ça sur le tapis. Dès qu'elle sentait mon regard noir la transpercer, elle s'arrêtait net, regardait ailleurs, puis, vérifiant que j'étais occupé à tenter de suivre les autres conversations, se penchait de nouveau vers Sylvie.

Cette soirée a été un supplice. Mais finalement, dépassée par toutes les interruptions, mes tentatives incessantes pour impliquer Sylvie dans d'autres sujets de conversation, Esther n'a pas réussi à raconter mon histoire. Roland 1, Esther 0. Mais le match n'était pas terminé.

Chapitre 25

Quand Chirac s'en mêle

Plusieurs années déjà que je marchais et que je traînais mes guêtres sur les plateaux de télé, les studios de cinéma et les scènes de théâtre. Porte de Choisy, la vie suivait son cours. Le ballet quotidien des voisines continuait d'animer l'appartement, mais je n'étais plus là pour partager avec elles les gâteaux à la cannelle, les fous rires et les discussions intimes. Tout cela me manquait, mais j'avais fort à faire avec ma nouvelle vie. Désormais, je partageais ma chambre avec Edmond et Richard. Jacques, après des années de lutte, avait enfin réussi à négocier une place dans le salon marocain où il avait emménagé ses disques, sa guitare et sa panoplie de playboy. Je n'avais pas cours le matin et me vautrais dans de généreuses grasses matinées. Ça agaçait prodigieusement mes frères qui ne comprenaient plus rien à ma vie. J'appréciais ces moments précieux où je me retrouvais seul avec ma mère, comme autrefois, dans cette vie qui me paraissait déjà lointaine.

Un matin, alors qu'elle triait le courrier sur la table de la salle à manger, *ça oui, ça on s'en fout*, une enveloppe qui venait d'atterrir sur la pile destinée à la poubelle attira mon attention. Elle arborait les couleurs officielles de la République française.

— Attends, maman, jette pas ça, ça a l'air important.

— Tu parles, ils essaient encore de nous fourguer Dieu sait quoi. Regarde si tu veux, tu verras ce que j'te dis.

La lecture de la lettre me laissa coi :

Madame,

Le ministère de la Santé publique et de la Sécurité sociale a vu son attention attirée sur votre mérite dans l'éducation et les efforts constants dont vous avez fait preuve dans votre rôle de parent de six enfants, dont le dernier était porteur d'un handicap de naissance que vous avez soigné avec succès.

Pour rendre hommage aux soins attentifs dont vous avez fait preuve et à votre dévouement, le maire de Paris, Monsieur Jacques Chirac, va, lors d'une cérémonie qui se tiendra à l'Hôtel de Ville, vous remettre la médaille d'honneur de la Famille française qui est une distinction honorifique créée par décret du 26 mai 1920.

Cette médaille témoigne de la reconnaissance de la nation française aux familles les plus méritantes, dont vous faites partie.

— Maman…

— Quoi mon chéri ?

— Maman, je crois que tu vas avoir une médaille…

— Mais, non, voyons. Ils disent qu'ils nous donnent une médaille et après ils nous demandent de l'argent… C'est des voleurs.

— Non, maman. C'est sérieux. Ils veulent te remettre une médaille.

— Mais pourquoi une médaille ? Qu'est-ce que j'ai fait ?

Comment aurait-elle compris l'importance de cette lettre ? Tout ce qu'elle avait fait, les heures passées à s'occuper de nous, de moi, tous les sacrifices, la foi inébranlable dont elle avait fait preuve et qui m'avait valu ma guérison... Tout cela était normal pour elle. Elle n'avait fait que ce qu'une mère est censée faire, prendre soin de ses enfants. Alors une médaille ! Ça n'était pas sérieux.

Pour la convaincre qu'il ne s'agissait pas d'un canular, il a fallu que j'appelle « Monsieur Chirac » devant elle pour expliquer notre cas.

— Qu'est-ce qui disent ?

— Rien, ils me demandent de ne pas quitter.

— Et là ?

— Pareil.

Après vingt minutes à être trimbalé de bureau en bureau, je tombe enfin sur la préposée aux médailles de la Famille qui consent à rechercher le nom de ma mère :

— Oui, oui, je vous le confirme. Votre mère Esther Perez, née Oiknine, est bien sur la liste des médaillées de l'année.

— Elle demande pourquoi ?

— Quelqu'un a dû en faire la demande.

Esther, les yeux ronds, commence à s'agiter :

— Mais qui ? C'est pas possible, enfin ! Qui ?

La secrétaire, aimable, commence à chercher dans ses dossiers... Ma mère danse le pow-wow autour du téléphone.

— J'ai trouvé ! Nous avons reçu une lettre de la part d'une assistante sociale du 13e arrondissement. Madame... Fleury.

— QUOI ? braillons-nous à l'unisson à l'autre bout de la ligne.

— Attendez, je l'ai sous les yeux. C'est une longue lettre. Cette dame dit en gros qu'à la veille de sa retraite, elle souhaite attirer notre attention sur le courage inégalé de votre maman, dont – je cite – « les sacrifices et l'acharnement sans relâche ont libéré le dernier de ses enfants d'un handicap de naissance qui l'empêchait de marcher ». Houlala ! Eh bien dites donc ! Cette dame elle l'a à la bonne votre maman. Tout juste si elle nous faisait pas un procès si on l'oubliait !

J'avais rarement vu ma mère aussi stupéfaite, elle en avait lâché l'écouteur. C'était insensé. La « saleté » de Fleury, comme elle l'avait toujours appelée, avait écrit à Chirac pour lui parler de nous ! Elle était bouleversée.

— Avec tout ce qu'elle m'a engueulée elle demande de me donner une médaille. Mais c'est pas possible. Mon Dieu ! J'arrive pas à le croire.

— Maman, tu vois, tu as été sensationnelle. Tu t'es battue. Tu m'as guéri. Tout ça tu le mérites, c'est pour toi.

— Quel mérite, Mchikpara ? C'est Dieu qui a fait ça, c'est pas moi. Pourquoi elle est jamais revenue nous voir alors ? Il faut qu'on la retrouve. Il faut qu'on lui dise merci.

Malgré tous nos efforts on ne retrouva jamais la trace de Mme Fleury. Elle était partie à la retraite sans laisser d'adresse et ne sut jamais qu'elle venait de manquer la plus belle tournée de cigares au miel de tous les temps.

Esther avait trois mois pour se préparer. Mais que diable allait-elle porter pour cette cérémonie officielle ? Tout l'immeuble se mobilisa.

— Et si je mettais la noir et rose avec les volants. C'est chic, non ?

Mme Bentolila, l'experte en élégance, restait dubitative.

— Esther, c'est une cérémonie officielle. Peut-être que quelque chose de plus... de moins... Tu n'as pas une robe noire, tout simplement noire ?

— C'est pas un enterrement tout de même !

— Peut-être, mais c'est très élégant le noir.

— Mmm... J'ai celle-ci. Oh mon Dieu, non ! Le ventre que ça me fait ! C'est d'avoir pondu tous ces gosses. Regardez-moi ça, j'ai l'air d'une vache.

Mme Israël quant à elle avait descendu sa palette de maquillage.

— Tu te rends compte. Tu vas poser pour des photos officielles et elles vont être exposées pendant des semaines à la mairie ! Crois-moi ma chérie, je vais t'arranger comme une star de cinéma.

Mme Benayoun, avec son foulard sur la tête, circulait à petits pas au milieu de toute cette agitation, affichant de temps à autre une moue d'approbation. Pour elle c'était une cérémonie d'investiture, Esther avait déjà un pied au gouvernement et ce n'était que justice.

Après des semaines d'essayages et de discussions, ma mère avait, selon ses critères, adopté une tenue stricte et tout ce qu'il y a de plus sobre. Un tailleur-pantalon blanc sur lequel la médaille en or serait mise en valeur. Était-ce de l'or d'ailleurs ? Ce fut également le sujet récurrent de ses préoccupations.

Le jour J, nous la vîmes sortir de sa chambre, maquillée comme un camion volé et revêtue de l'élégant tailleur auquel elle avait ajouté sa touche personnelle : un chemisier rose vif et une ribambelle de colliers de grosses perles roses et blanches pour parfaire l'ensemble. Sur une suggestion de la précieuse Flora, qui décidément pensait à tout, elle était perchée sur des talons de dix centimètres. Une délicate attention censée permettre à cette grande tige de Jacques Chirac d'accrocher la fameuse médaille sans avoir à trop se pencher.

Arrivés sur le parvis de l'Hôtel de Ville, quelle ne fut pas la surprise de ma mère quand elle s'aperçut qu'une dizaine d'autres familles se pressaient à l'entrée de la salle des cérémonies. Comment ça, cette cérémonie n'était pas que pour elle ? Jetant des regards torves aux usurpateurs, elle nous poussa à l'écart dans un coin de la salle. Ainsi, monsieur le maire nous verrait mieux.

— Et surtout vous me jurez de ne pas dire aux voisines qu'il y avait d'autres familles ! Si elles savent que j'étais pas en tête à tête avec Chirac pour lui parler des autres mères du quartier, Mme Benayoun ne va pas s'en remettre, la pauvre !

— Maman, arrête, elles vont bien le voir sur les photos.

— Mais non, mais non. On aura qu'à dire qu'ils ont mélangé les photos, c'est tout. Allez. Tenez-vous bien droits.

L'édile pénétra dans la salle, accompagné d'une cohorte d'assistants, et se lança dans un discours interminable dans lequel il était question de patriotisme, de valeurs de la République, de fierté de la Nation, de reconnaissance. Bref, personne n'y comprenait rien et la famille Perez s'ennuyait ferme. Jessica ne lâchait pas des yeux les photographes et rajustait sa coiffure en permanence, sait-on jamais ; Nicky se tortillait pour réajuster un pantalon qu'elle avait choisi deux tailles en dessous de la sienne ; Edmond contemplait sereinement les dorures du plafond sans prendre la peine d'étouffer ses bâillements, tandis que Jacques et Richard se tordaient le cou pour inventorier l'étalage de viennoiseries, n'attendant qu'un signal pour se jeter sur le buffet. Esther était inquiète : *Mais la médaille elle va faire un trou dans mon costume, ça va se voir ! Je vais quand même pas la garder à vie sur cette veste pour cacher ça !* Seul mon père était ému. Lui, l'immigré, il était là, dans ce lieu somptueux, à recevoir les honneurs de la France. Quelle consécration ! Moi aussi j'étais fier, mais pour une tout autre raison. Après tout, c'était grâce à moi et à mon handicap tout ça.

Vint enfin le moment où le maire se rapprocha d'Esther qui, il est vrai, sortait du lot avec ses colifichets et son brushing qui lui faisait encore gagner plusieurs centimètres.

— Mes respects madame.

— Enchantée, monsieur Chirac. Voici mes enfants, et mon petit dernier, Roland, dont Mme Fleury vous a parlé dans sa lettre. Avance chéri, dit bonjour à monsieur le maire.

J'étais mortifié. Aucune famille avant nous n'avait osé se présenter ainsi. Mes frères et sœurs, embarrassés, regardaient tous ailleurs. Seule Esther irradiait.

— Jacqueline, prends une photo quand M. Chirac il m'accroche la médaille, demanda-t-elle d'une voix haut perchée sans se soucier de l'agacement du photographe officiel. C'est plus sûr !

Finalement Esther s'en sortit avec un trou dans sa veste neuve, une médaille en toc et un diplôme qu'elle allait encadrer et accrocher dans la salle à manger pour que tout le monde puisse le voir. Oui, elle était une mère exceptionnelle.

Chapitre 26

La Perez Connection

Pour améliorer l'ordinaire, rien de mieux qu'une petite affaire ! Lorsque l'un de nos voisins, Naïm, lui proposa de s'associer dans un pressing, mon père n'hésita pas une seconde. Lui et Esther investirent toutes leurs économies dans la boutique. En attendant, pour faire bouillir la marmite, Maklouf se démenait comme un beau diable. C'est à peine si on le voyait à la maison. Mais toutes ces années de fatigue cumulées finirent par lui coûter la santé. Ignorant les signaux d'alerte, il fut victime d'un décollement de rétine et perdit l'usage d'un œil. La conduite, c'était fini pour lui. Après des semaines d'hospitalisation, et sans nouvelles de son associé, il se rendit à la boutique. Et là, au 15 de la rue Damesme, une grosse enseigne surplombait le pas de la porte :

« Au cochon sans rancune »
Charcuterie – Rôtisserie – Volailles

Son regard courut de la devanture au petit numéro de faïence bleu, puis du numéro à la vitrine. *Mais qu'est-ce que... ?* Désorienté, il remonta la rue, revint sur ses pas. Le cochon rose à l'air halluciné continuait de le fixer d'un air goguenard du haut de son perchoir. Rentré fissa à la maison, mon père, flanqué d'une Esther au bord de l'apoplexie, se rendit aussitôt au domicile de Naïm. Le renégat avait planté là femme et enfants pour s'enfuir en Israël avec le produit de la vente du pressing. Mes parents avaient tout perdu. Assis sur une chaise, immobile, le regard dans le vide, mon père était terrassé. Tandis qu'Esther, vivant sa colère dans un tout autre style, hurlait à qui voulait les entendre les pires infamies sur le scélérat.

Contre toute attente, ce fut Edmond qui sauva la famille de la banqueroute. Edmond, le « bon à rien », la « graine de voyou », le « petit salopard », devint notre messie. Après des années d'errance, de fréquentations douteuses, de bagarres et de fugues à répétition qui avaient rendu fous mes parents, mon frère aîné n'avait finalement pas si mal tourné. Depuis deux ans, il avait trouvé un emploi sur le marché du Kremlin-Bicêtre où il vendait des « articles de Paris » : gondoles montées sur ressort et tours Eiffel scintillantes. Et il se montrait plutôt doué. Lorsqu'il a vu mon père hospitalisé, puis incapable de conduire, Edmond en a ressenti de la culpabilité. Et si c'était sa faute ? Et si tous les soucis qu'il avait causés avaient fini par rendre mon père malade ?

— Écoute papa, on va travailler ensemble. J'ai dix-huit ans le mois prochain, je passe le permis. Toi et moi, on va faire les marchés. Je sais comment faire, je connais les fournisseurs. Tu arrêtes ton travail de nuit, et le week-end on va au Kremlin-Bicêtre.

— Mais, et l'argent ?

— On s'associe à 50/50. Tu t'inquiètes de rien, c'est moi qui avance tout.

Le messie je vous dis !

Et les voici tous les deux embarqués dans l'aventure. Inscription au registre du commerce, place réservée, contacts avec les fournisseurs de la rue du Temple, achat de tables et de bâches... En un clin d'œil, la Perez & Co était lancée. Le père était tout fier de son fiston et l'opération fut un franc succès.

— Très bien, papa. On s'installe aux Puces et on ouvre un deuxième stand.

Entre en scène le Perez numéro trois, Jacques :

— J'en ai marre de l'école. Moi aussi je veux travailler avec vous.

La petite estafette bleue pleine de marchandises comptait désormais à son bord trois passagers. Et hop, on ouvre un troisième stand. Les Perez se font leur trou à Saint-Ouen.

Une année passe et Richard, quinze ans, réclame sa part du butin. Le gamin apprend vite et se voit propulsé responsable d'un quatrième stand.

L'ambition d'Edmond, le Perez en chef, n'a plus de limites. Il abandonne les stands à la fratrie et repère une boutique qu'il achète à crédit. Fini les gadgets, c'est au tour des vêtements. La « Jeanerie » est née.

Et l'affaire familiale va bon train. Jessica et Nicky viennent prêter main-forte à la boutique le week-end et, évidemment, Esther s'en mêle. La semaine, elle tient la caisse du magasin, et tous les samedis et dimanches midi, elle s'occupe de nourrir la tribu, six petits paquets différents avec le nom de chacun inscrit dessus : le sandwich aux œufs et frites d'Edmond, le thon-mayonnaise de Richard, la charcuterie de Maklouf, le rôti sauce piquante de Jacques et bien sûr les sandwichs crudités des filles, sans tomates pour Jessica, mais avec des poivrons. Pour faire ses livraisons, elle stoppait sa petite Fiat bringuebalante devant la boutique, en plein milieu de la rue. *Oui, oui, ça va ! Pas la peine de klaxonner ! Je nourris mes enfants ! J'ai bien le droit quand même !*

Car, grande nouveauté, ma mère avait décidé de passer son permis de conduire. *Et alors, j'ai cinquante ans ! Qu'est-ce que ça peut faire ?* Elle admirait sa vieille copine, celle que nous appelions tante Martha. Celle-ci l'emmenait partout avec sa mini Austin, elle portait des pantalons, fumait et était même prête à divorcer pour mener sa vie de femme libre. Esther rêvait de devenir comme elle, moderne et indépendante. Excepté, bien sûr, les cigarettes et la séparation. Fallait pas pousser. Mais obtenir le petit papier rose ne fut pas une mince affaire. Il lui fallut un an pour décrocher le code. Car dans le monde d'Esther, « cassis et dos d'âne » devenaient « melon et chameau ». *Mais qu'est-ce que ça veut dire cassis et dos d'âne ? Ça veut rien dire du tout !* Après dix échecs, tout le monde perdit patience.

— Mais comment ils font les étrangers pour passer ça, hein ? J'en vois plein conduire. Et ils parlent même pas français ! Comment ils font ?

— Vous me donnez une idée madame Perez. Je crois que j'ai la solution. Vous venez bien du Maroc ? Vous parlez marocain ?

— *Bismillah !* Il me demande si je parle marocain ! Mais bien sûr que je parle marocain !

C'est ainsi qu'Esther décrocha le code, en le passant avec les étrangers. Mais ça elle se garda bien de nous le dire le jour où elle arriva victorieuse à la maison en agitant triomphalement le petit papier. *Et voilà ! Vous voyez que votre mère est pas une idiote, hein ! Regardez !*

Quant à la conduite, n'en parlons pas. Le pauvre accompagnateur n'avait pas le temps d'en placer une et connaissait tout des petits tracas de la famille.

— Madame Perez, arrêtez d'accélérer. Vous appuyez sur l'embrayage et vous passez la deuxiè...

— Houlalala. Je sais pas si ma fille elle a sorti les escalopes pour ce soir. C'est une catastrophe. Il faut qu'on retourne à l'agence, s'écriait-elle en faisant hurler l'embrayage.

— Quoi ?

— Il faut qu'on aille téléphoner. Je reçois du monde ce soir, vous comprenez. Mon Dieu ! C'est pas possible ! Je suis sûre qu'elle va oublier.

Et les problèmes des uns et des autres étaient déballés au pauvre homme impuissant, entre une priorité grillée et un freinage sauvage. Personne n'a jamais compris comment elle avait fini par le décrocher. Mais nous étions tous d'accord : soit elle avait payé les gars de l'auto-école, soit le responsable, exténué, avait fini par lui accorder le permis pour se débarrasser d'elle et éviter le *burn-out* à ses employés.

Si bien que chaque fois qu'elle prenait la voiture tout le monde serrait les dents. Elle avait une technique toute personnelle : un pied sur l'accélérateur, l'autre sur le frein, elle progressait en *stop-and-go*.

— Maman embraye !

— Noooon, débraye !

— Esther, le feu !

— Mais pourquoi tu t'arrêtes en plein milieu ?

Le créneau était son meilleur moment. Après dix tentatives et une voiture qui finissait par se retrouver à la perpendiculaire de la route, elle sortait et se dirigeait vers le conducteur qui poireautait derrière depuis dix minutes.

— Plutôt que de râler, tenez, voilà les clés. Allez me la garer. Allez, allez... Vite. Vous voyez bien qu'y a du monde qui attend !

Si bien que tous les week-ends l'ensemble des commerçants du marché aux Puces était informé de son arrivée : un concert de klaxons la précédait d'au moins dix minutes.

— Ah tiens ! Y a Mme Perez qui va arriver.

La voiture n'a pas résisté. Elle a rendu l'âme au bout d'un an, en plein milieu de la rue de Rivoli. Esther l'a juste plantée là, fumante, au milieu de la circulation, et a pris le métro pour rentrer. *Ben quoi ? Elle marchait plus de toute façon !*

En attendant, les affaires prospéraient. Avec le succès de la « Jeanerie », les associés achetèrent une deuxième boutique, pour Jacques. Et ce fut mon tour de rejoindre la Perez Connection. J'avais treize ans. Chaque week-end je me levais à l'aube pour tenir moi aussi mon stand de gondoles et de tours Eiffel. Après quelques mois, mon père fit lui aussi l'acquisition d'un petit magasin. Son rêve se réalisait. Il allait vendre des tissus marocains. Esther quitta la « Jeanerie » pour le rejoindre. Elle l'avait son salon ! Au milieu de cette abondance de couleurs, elle accueillait les clients avec du thé à la menthe, parlait avec eux la langue du pays… Elle était chez elle.

Après deux ans aux Puces, les huit Perez occupaient trois boutiques et deux stands. Mon père démissionna de son poste pour gérer la petite entreprise familiale. Les années difficiles étaient derrière nous.

Chapitre 27

Démasqué

En février 2017, le cœur d'Esther, peut-être usé d'avoir tant donné, a montré des signes de faiblesse. À l'époque je tenais une chronique sur le droit dans une émission animée par Sophie Davant, C'est au programme. *J'essayais de faire bonne figure, mais il m'était difficile de cacher mon tourment. L'idée de la perdre me déchirait le cœur. Sophie, qui est une amie proche, avait rencontré ma mère au mariage de ma fille, quelques mois auparavant. Elle me répétait toujours qu'Esther, avec ses toilettes et son invraisemblable brushing, semblait sortie tout droit de la série* Amour, gloire et beauté. *Elle a tenu à m'accompagner à la clinique pour lui rendre une visite. En nous voyant débarquer, la malade s'est vite ragaillardie. Pensez donc, une star de télé à son chevet ! Elle allait être la reine de la clinique. La modeste chambre aux murs délavés prenait soudain des allures de Buckingham Palace. Tout juste si elle ne voulait pas que les infirmières se métamorphosent en soubrettes pour venir servir le thé et les scones à cette invitée de marque.*

— Chéri, va chercher les gâteaux en bas. On va demander si on peut avoir du thé.

Lui rappelant qu'on était dans une clinique et pas dans un salon de thé, j'ai au bout du compte consenti à descendre à la machine à café, les laissant toutes les deux. Lorsque je suis remonté dix minutes plus tard avec mes gobelets, Sophie avait des larmes dans les yeux. Quant à Esther, elle affichait ce petit air satisfait que je lui connaissais bien. J'avais baissé la garde, elle en avait profité pour tout déballer !

— Roland, je ne connaissais pas ton histoire avec Sylvie Vartan. Ta mère m'a raconté ta malformation, la rebouteuse, la place qu'a tenue Sylvie… Tout cela est incroyable, bouleversant.

Furieux, j'ai lancé un regard assassin à Esther.

— Oh ça va, hein ! C'est Sophie là, devant moi. C'est pas Sylvie. Tu la vois où Sylvie ? Alors il est où le problème ? J'ai bien le droit de raconter ce que je veux quand même !

J'étais fait comme un rat. Esther 1, Roland 0. Mais je la voyais si faible, si fragile, que je n'ai pas eu le cœur de la brimer.

— Oui, maman. Tu as le droit.

À partir de là, Sophie ne m'a plus lâché. Elle voulait tout savoir, connaître tous les détails de l'histoire.

— Et Sylvie n'est pas au courant ?

— Non, c'est trop bizarre. Je ne peux pas lui dire ça.

— Je te l'accorde. C'est un peu bizarre si tu lui donnes juste une bribe. Mais si tu lui racontes toute l'histoire, elle ne peut qu'être touchée.

— Mouais.

Au printemps suivant, j'ai décidé d'organiser un brunch dans mon jardin. Sylvie était de passage à Paris à l'occasion de la présentation de son dernier livre,

Maman... *Je voulais cette fête en son honneur. Nous étions une quinzaine, il y avait des animateurs, des journalistes, des producteurs... Surtout des amis. Mais il manquait Esther. Ma mère ne répondrait plus à mes invitations. Quelques mois plus tôt elle avait décidé d'aller retrouver en personne Hachem et tous les siens, laissant dans ma vie un vide immense. Qui sait ? Peut-être était-elle en train de négocier d'autres miracles.*

La fête était réussie, les conversations allaient bon train et le copieux buffet que j'avais préparé faisait sensation. Quand, soudain, Sophie s'est levée pour imposer le silence. Depuis l'autre bout de la table elle a interpellé Sylvie.

— Est-ce que vous connaissez l'histoire de Roland ?

J'en ai laissé tomber la corbeille de viennoiseries. Esther ! Sacrée Esther ! Même d'outre-tombe tu auras toujours le dernier mot.

Sylvie, intriguée, ne savait pas très bien quoi lui répondre. Oui, elle savait vaguement que j'avais eu un problème de santé lorsque j'étais enfant, que je chantais ses chansons, rien de plus. Mais Sophie a insisté.

— Mais savez-vous le rôle que vous avez joué dans sa vie ?

Toutes les oreilles étaient tendues. Et moi, complètement déconfit, le regard perdu vers les croissants et les chaussons aux pommes qui avaient roulé sous la table, je me demandais si j'allais tuer Sophie avant ou après.

— C'est une jolie histoire que vous devez connaître. Je sais que Roland ne le fera pas, alors c'est moi qui vais vous la raconter.

Je vous jure que j'entendais le rire d'Esther me parvenir depuis là-haut. La tête basse, j'ai écouté Sophie révéler à Sylvie tout ce que ma mère lui avait livré avant de mourir. Je voyais déjà mon amitié avec Sylvie partir dans des volutes de fumée. C'était sûr, elle allait prendre ses jambes à son cou et fuir ce fou furieux dont la vie avait tourné autour de son image et qui maintenant l'invitait chez lui. Sans doute prendrait-elle un nouvel avocat. J'étais fichu, fait comme un rat.

À la fin du récit de Sophie, j'osai lever les yeux vers Sylvie. Elle était manifestement troublée, ses yeux brillaient. Étaient-ce des larmes ? Elle s'est tournée vers moi :

— Mais pourquoi tu ne me l'as jamais dit ?

— Je trouvais ça déplacé. C'est très personnel.

— Je ne sais pas quoi dire. Je suis vraiment émue.

Puis elle a commencé à me questionner, à réclamer des détails. Étonnamment, j'en ai ressenti une certaine libération, un sentiment de complétude. Les deux Sylvie se fondaient en une seule, la figure rêvée, idéalisée, et l'amie chère. Face à cette image unique, je pouvais enfin cesser de me dissocier.

Après cet épisode, Sylvie n'a plus abordé le sujet. Cela ne m'a pas étonné. J'avais appris à connaître sa pudeur et sa délicatesse. Quelques mois plus tard, je suis tombé sur une interview dans laquelle elle se confiait sur son rapport au public. Elle expliquait qu'après avoir longtemps gardé une distance prudente, elle était consciente aujourd'hui que chacun est susceptible d'avoir une histoire particulière qui le lie à un artiste. Elle avouait qu'après avoir eu connaissance du parcours d'une personne qui lui était chère, et du rôle qu'elle avait pu y jouer, son regard avait été bouleversé.

Je me suis autorisé à lui en parler.

— Sylvie, c'est à moi que tu faisais allusion dans cette interview ?

— Oui Roland, c'est à toi. Bien sûr. Tu m'as profondément touchée avec ton histoire. Grâce à toi, je ne verrai plus jamais le public de la même façon. Je me dirai qu'avec chacun, peut-être, se joue une histoire, une histoire dont je ne sais rien.

Je n'aurai de cesse de remercier Sophie. En définitive, cet épisode nous a rapprochés Sylvie et moi. Plus que jamais j'en suis conscient, je ne me suis pas trompé le jour où, à quatre ans, j'ai jeté mon dévolu sur elle. Pas sur une autre des artistes de l'époque, mais sur elle précisément. Le respect et la délicatesse dont elle fait preuve envers ceux qui croisent sa route, la dévotion à sa famille, la sincérité de ses amitiés, sa fidélité sont des valeurs que j'apprécie et que je partage. Sylvie fait aujourd'hui partie de ma vie. Elle est aussi accessible dans sa simplicité et sa vérité qu'elle était inaccessible à l'enfant que j'étais. La véritable Sylvie est admirable. Le miracle s'était poursuivi. Tu avais raison maman.

Chapitre 28

Adieu mon ami

L'accent yiddish de tante Martha résonna dans le hammam de la rue des Rosiers.

— Tes enfants travaillent, ton mari gagne de l'argent, pourquoi tu restes dans ce HLM ? C'est pas le standing de vie que tu mérites Esther, ma chérie. Avec tous les sacrifices que tu as faits, c'est pas possible. Tu dois changer.

— Et où je vais aller ? répondit l'intéressée dont on devinait le visage sous une épaisse couche d'argile verte.

— Popopop ! J'ai l'appartement !

— Quel appartement ?

— Un appartement à côté de chez moi. Rue d'Abbeville.

— Mais le loyer ! Ça doit être cher !

— Penses-tu ! J'ai visité, j'ai négocié et j'ai mis une option. Oui, oui. Une option.

— Hein ? Mais Maklouf il voudra jamais ! Et mes voisines ? Je ne peux pas les abandonner.

— Mendel, il est d'accord avec moi, il a dit qu'il allait être garant pour vous. Tu peux plus vivre comme ça, Esther. Regarde ton appartement comme il est petit !

— Peut-être. D'accord. Je dis rien et je le visite, consentit ma mère en prenant le chemin des douches.

L'appartement était situé au 14, rue d'Abbeville, au premier étage d'un superbe immeuble Art nouveau. Sa façade, classée aux monuments historiques, représente un entrelacs de feuillage en céramique qui court jusqu'en haut de l'immeuble, surplombé à son sommet d'un hibou et d'une chauve-souris. En la voyant, Esther s'est dit que Martha avait dû tomber sur la tête. Les vastes pièces aux plafonds hauts exhibaient d'impressionnantes boiseries rococo. Il y avait quatre chambres et surtout une immense cuisine, dix fois plus grande que celle de la porte de Choisy. Ma mère n'en croyait pas ses yeux. Elle arpentait l'espace en poussant des Hoo ! des Haaa ! et en prenant Dieu à témoin de cette affaire en or. Une vieille veuve quittait les lieux et louait cette perle à un prix modique, pourvu que cela soit à des gens sérieux.

Restait à convaincre mon père qui était attaché à son HLM, à sa vie simple et bien rodée.

— Tiens Maklouf, reprend des carottes. À propos, aujourd'hui j'ai visité un appartement avec Martha !

— Non, ça va, j'en ai encore plein mon assiette. Elle déménage ?

— Tu devrais en reprendre quand même, ça rend aimable. Non, elle déménage pas.

— Ben alors ?

— C'est pour nous.

J'ai cru que mon père allait s'étouffer avec le morceau de bœuf en gelée qu'il venait d'engouffrer.

— Pour nous ?? Mais qui t'a dit qu'on va déménager ?

— Moi.

Le bœuf est avalé mais c'était moins une. Mon père marque une pause, boit posément une gorgée de vin, ignorant les sept paires d'yeux braquées sur lui. Puis, calmement :

— Je ne comprends pas Esther. Pourquoi on déménagerait ?

— Comment ça pourquoi ? Pourquoi tu crois que les gens y déménagent ? Pour mieux, Maklouf ! On déménage pour mieux ! argumente ma mère, moins calmement.

— Pourquoi mieux ?

— Pourquoi ? Il me demande pourquoi ? Alors, la vie elle s'arrête ici ? On va mourir ici ? C'est fini ? Les garçons ils dorment à trois dans une chambre, ils tirent leurs canapés tous les soirs. Tes filles elles en peuvent plus. L'autre là, il campe dans le salon, je peux recevoir personne. Et nous c'est terminé ? T'as vu ma cuisine ? Je peux rien faire. Et on va accepter tout. C'est ça que tu veux ?

— Mais Esther, on a pas les moyens.

— Oui on a les moyens. Oui, oui, oui ! Le loyer il est pas cher du tout. Avant de parler, tu viens le voir.

Mon père la regarde longuement. Toutes les fourchettes sont suspendues.

— Il te plaît à toi ?

— Oui il me plaît ! Bien sûr qu'il me plaît !

— Alors j'ai pas besoin de le voir. Si toi tu dis que c'est bon, alors c'est bon.

Le bail fut signé deux jours plus tard. De Casablanca à Cachan en passant par Bobigny, tout le monde fut informé qu'Esther, la nouvelle Marie-Antoinette, allait vivre dans un palais. Tout le monde, sauf les fidèles voisines. Il fallut bien du courage à ma mère pour leur annoncer. Le lendemain, après avoir évoqué avec elles les sujets du jour, la vie, les enfants, les emmerdes, elle se lança :

— J'ai une trèèès grande nouvelle à vous annoncer !

Excitation dans les rangs, mais que se passe-t-il ? Un mariage chez les Perez, déjà ?

— Voilà, mon amie Martha m'a trouvé un appartement.

— Un appartement ? Mais pour quoi faire ?

— Ah, ben voilà ! La même réponse que Maklouf ! Pour quoi faire ? Mais qu'est-ce que vous avez tous ? Et pourquoi on trouve un appartement à votre avis ? Pour déménager, tiens !

— Mais pourquoi tu veux déménager ?

— Regarde, tu vois pas comment c'est petit ici ? Les enfants sont pas bien. Et moi, j'ai même plus mon salon marocain. Tu as vu ma cuisine ? se radoucit Esther.

Comment résister à de tels arguments ? Les quatre amies qui depuis quinze ans partageaient nos joies et nos peines sont restées interdites.

— Tu vas aller où Esther ? osa Mme Israël du bout des lèvres, le regard baissé comme si elle découvrait pour la première fois les bégonias imprimés sur la toile cirée.

— On va aller dans le 9e.

— Mais… mais c'est au bout du monde !

— Mais nooon. En métro c'est vingt minutes et t'es rendu. C'est direct. À peine dix stations !

Mme Bentolila ne releva pas ce pieux mensonge, elle savait pertinemment qu'il y avait plus de vingt stations.

— Comment tu vas payer ?

— Grâce à Dieu, les marchés gagnent bien. On s'en sort enfin. On s'est privés de tellement de choses toutes ces années, avec le traitement de Roland, l'école, les enfants. On va essayer de vivre un peu maintenant.

— Et tu pars quand ?

— Dans un mois.

— Un mois ? Dans un mois tu nous quittes ?

— Mais on ne se quitte pas enfin ! Qu'est-ce que vous racontez ? On est dans la même ville ! D'où on se quitte ? J'ai dit qu'on partait au Maroc ? Non ! On est à Paris !

Mme Dahan ne pouvait plus retenir ses larmes :

— On dit ça Esther... et puis tu sais comment c'est. Combien sont partis comme ça, qu'on a plus jamais revus ? Et toi ? Tu étais notre voisine chérie, tu nous as tout donné, ton sourire, ta gentillesse, tes petits plats. Tout ça c'est fini. On va te perdre.

— Mais comment ça me perdre ? Alors, ça y est ? Je suis morte ? Eh ben voilà, je suis morte. Allez, on prépare les obsèques ! Parce que je suis devant vous mais je suis morte !

À ces mots, Mme Benayoun, silencieuse, égrena fébrilement son tasbih pour éloigner le mauvais œil.

— On comprend Esther, murmura la belle Mme Bentolila, si triste et si résignée. J'aurais tellement aimé changer de vie moi aussi, j'aurais tellement aimé pouvoir partir. Je comprends. Va vite, sauve-toi d'ici.

Mme Dahan ne s'en remettait pas.

— Et quand est-ce qu'on va te voir ? Où ça ? Chez moi, avec mon mari qui traîne ? On a nulle part où aller.

— Je vous promets les filles. On va trouver une solution. Tous les jeudis je viendrai vous voir. J'amènerai les gâteaux, je vous fais tout comme avant. Tu prépares tout et je viens te faire la cuisine. À toi aussi. Comme avant. Jusqu'à la fin de ma vie je viens vous voir tous les jeudis, Dieu m'en est témoin.

Une fois leurs larmes séchées, les voisines se mirent en quatre pour aider Esther à préparer son grand départ. Mme Israël était chargée d'envelopper la vaisselle, Mme Bentolila plia avec soin nos vêtements, tout juste si elle n'enveloppait pas nos vieux pantalons usés dans du papier de soie, Mme Dahan courait d'une babiole à l'autre, *Tu gardes ça ? Et ça, t'en fais quoi ? Si tu t'en sers pas, je prends.* Pendant que la brave Mme Benayoun passait et repassait derrière les autres avec un chiffon dans une main, un balai dans l'autre, en récitant ses prières. Tante Martha passait quelquefois pour surveiller l'avancée du chantier.

— Oyoyoy ! Esther, ce buffet. Tu peux pas emmener ça là-bas. Tu vas gâcher le décor ! Regarde-moi ça. Non, il te faut des meubles dignes de cet appartement.

— Et j'en fais quoi ?

— Tu appelles la mairie et tu le donnes. Et ce fauteuil ! Mon Dieu !

Les deux amies se retrouvèrent aux Puces, bien décidées à meubler de neuf l'appartement. Tout le monde connaissait les Perez là-bas. Esther n'aurait aucun mal à négocier des crédits avec Mme Michèle ou Mme Édith.

Pour son palais, il lui fallait des meubles de reine. Elle fit donc l'acquisition de tout un bazar hétéroclite : un buffet imitation Louis XV, des fauteuils style Louis-Philippe (Gérard Philipe comme elle disait), une table Henri II, des copies de lustres Arts déco en verroterie... L'effet était... surprenant. Au milieu de ce méli-mélo, elle allait apporter sa touche marocaine avec poufs, tissus et caftans multicolores.

Le grand jour arriva. Le reste de la famille était parti rue d'Abbeville pour réceptionner les « antiquités » d'Esther et il n'y avait plus qu'elle et moi porte de Choisy. Ma mère était en bas, surveillant les déménageurs et grondant des consignes pour leur apprendre l'art d'empiler des cartons, leur rappelant à coups de tapes dans le dos la valeur de sa vaisselle.

Je me suis retrouvé seul dans l'appartement. Cet appartement où j'avais passé toute ma vie. Ma gorge s'est serrée. Je me suis laissé tomber à terre, comme quand j'étais petit. Je voulais sentir une dernière fois la douceur du lino bleu, goûter sa fraîcheur, le caresser du bout des doigts. Je revoyais ce petit garçon parcourant le couloir à quatre pattes, traînant son petit pied difforme derrière lui, incapable de marcher. Je me souvenais des cris, des rires de mes frères et sœurs rentrant de l'école. De la joie que j'avais à les retrouver.

J'ai tout embrassé du regard, je voulais emporter avec moi l'image de ces pièces qui avaient été les témoins de mes bonheurs et de mes peines. Les chambranles où je m'étais appuyé avec mes mains d'enfant pour me soulever de terre. Et puis ce couloir où maladroitement j'avais fait mes premiers pas. Je me suis ensuite traîné jusqu'à la salle à manger où, prisonnier de mon petit lit à barreaux, j'avais rêvé, chanté, mangé et dormi pendant dix-huit mois. Je connaissais par cœur les motifs du papier peint, ce petit coin où il se décollait, cette jointure imparfaite. J'avais passé tellement de temps à les observer durant ces longues journées d'enfermement. J'en connaissais chaque centimètre carré. Me sont revenus à la mémoire ces après-midi passés à écouter les voisines, à recueillir leurs sourires, toute la douceur dont elles m'enveloppaient. J'ai emprunté le couloir une dernière fois pour aller dans la chambre de mes sœurs. L'odeur de leur parfum traînait encore dans la pièce, mais il n'y avait plus de magazines. C'est ici que j'avais écouté Sylvie pour la première fois. *Si je chante, c'est pour toi, c'est pour toi. Il faut chanter avec moi. Et oublier tes larmes.* Et ce mange-disque rouge. Qu'était-il devenu ? Oui, Sylvie, je tâcherai d'oublier mes larmes.

— Roland ! Tu descends ?

J'ai pris une grande bouffée d'air, me remplissant de cette odeur particulière, mélange de fleur d'oranger, de lavande et de vernis. Il fallait que je m'en souvienne, que je la garde avec moi pour me réconforter dans les jours sans soleil. Je me suis mis debout et j'ai refait le tour des pièces. Posant mon front contre les murs, j'ai commencé à les embrasser un par un, leur parlant comme s'ils pouvaient m'entendre. *Je ne vous oublierai jamais. Au revoir. Vous avez été si précieux pour moi. Et toi, tu te souviens ? C'est ici que j'ai posé ma main pour la première fois.* Et je ne retenais plus mes larmes. *J'ai été si heureux ici. Adieu. Adieu mes amis. Adieu mon couloir.* Ce n'était pas seulement à notre vieil HLM que je disais adieu, c'était à mon enfance. Ma mère a dû m'arracher de force à ces embrassades.

En bas, les voisines, habillées en noir, se tenaient sur le parking. Des sanglots plein la gorge, elles serraient leur Esther comme si elles la voyaient pour la dernière fois.

— Arrêtez, les filles. Vous me faites pleurer. On se voit jeudi !

Et puis ma mère et moi sommes montés dans le camion. Tandis qu'il quittait le parking au ralenti, elles ont commencé à marcher derrière, accrochées les unes aux autres. Ce n'était plus un déménagement, c'était un convoi funèbre ! Ma mère, telle Sissi impératrice, était penchée à la vitre du carrosse et leur envoyait des baisers. *Je vous promets que je reviendrai. Je vous promets.* Et elle a tenu sa promesse. Pendant vingt ans, chaque jeudi, elle est passée avenue de la Porte-de-Choisy avec ses cigares au miel.

Chapitre 29

Pour toi Esther

Quand tu as fermé les yeux pour toujours, en ce 8 novembre 2017, je n'étais pas là. La veille, à la clinique, lorsque j'ai posé ma joue contre la tienne pour te dire au revoir, tes derniers mots ont été « Mchikpara, Mchikpara ». « Je te donne ma vie. » Et tu nous l'as donnée ta vie, et tout ce qui allait avec : le courage, la volonté, la foi inébranlable en Dieu et les hommes, la générosité et le partage. Le tout teinté de ta blondeur, de tes colifichets clinquants et de cet accent de soleil qui résonne encore à mes oreilles, inimitable.

Pendant les cinquante-quatre ans que j'ai passés auprès de toi, je ne t'ai jamais dit merci, merci pour tout ce que tu as fait, merci pour ta présence. On remercie rarement ses parents pour tout ce qu'ils nous ont donné. Dommage. Mais comme pour les examens universitaires, il y a toujours une session de rattrapage. Et ce roman en est l'illustration.

Te voilà sans doute arrivée chez Dieu, entourée de Baba Salé, de Rabbi Meïr Baal Haness et des autres. Comme tu dois être heureuse là-bas ! Je suis sûr que tu ne vas pas les lâcher. Telle que je te connais, tu as ramené tous tes dossiers dans ta besace. Ils ne doivent pas chômer là-haut !

Tu as raison d'insister, ça se passe bien ici. Ludivine a bien eu son barreau. Elle et ses cousins, Harry et Hannah, ont trouvé l'âme sœur, comme tu le souhaitais. Nous avons fêté trois beaux mariages. Mais inutile de te raconter puisque, nous le savons tous, tu étais là. Même Harold, mon célibataire endurci de fils, a rencontré l'amour. Combien de fois tu lui as répété que tu choisirais toi-même sa femme ! Ce qui le faisait beaucoup rire. Et pourtant, deux ans après que tu as tiré ta révérence, il a rencontré une fille au cours d'une soirée. Et devine comment elle s'appelle ? Esther Oiknine. Comme toi ! Ça te fait marrer, hein, de continuer ton petit jeu comme ça. De veiller sur nous en prenant le thé avec Baba Salé.

Alors merci maman d'avoir permis tous ces miracles et de nous avoir rendu la vie si douce.

Ce livre est pour toi, avec tout mon amour.

Postface

J'ai vécu beaucoup d'expériences émotionnelles dans ma vie, mais rien de comparable à l'émotion que j'ai ressentie en lisant ce livre.

Connaissant l'auteur depuis une dizaine d'années maintenant, je n'ai jamais su ni jamais eu le sentiment que ses débuts dans la vie avaient été marqués par un tel événement et qu'il allait être sauvé par sa mère, Dieu et Sylvie Vartan !

Comme il est étrange pour moi de me voir attribuer le mérite d'avoir contribué à sauver la vie d'un petit garçon qui, à l'époque, m'était totalement inconnu, et qui, des années plus tard, allait devenir l'un de mes amis les plus respectés et les plus chers.

Ce livre bouleversant est aussi l'histoire du courage, de la foi, de l'amour et de la détermination d'une mère qui, contre vents et marées, ne se laissera jamais abattre ni décourager. Une mère qui est une source d'inspiration pour nous tous.

Un livre brillamment écrit, dans lequel je me suis retrouvée à pleurer, à rire et aussi à espérer qu'à la dernière page le « miracle » finirait par s'accomplir.

Et puis, au-delà du message d'espoir et du formidable exemple de résilience que constitue ce livre – qui se lit comme un conte –, je me suis interrogée sur le rapport des artistes, et plus particulièrement des chanteurs, au public.

J'ai toujours eu une grande lucidité sur la célébrité, je pensais que seuls les chercheurs, les médecins, les prix Nobel méritaient les honneurs et le culte du public, et pas nous, les saltimbanques.

Aujourd'hui, ce livre me donne le sentiment que je me suis peut-être trompée. Je n'aurais jamais imaginé que le pouvoir d'un artiste puisse aller au-delà des émotions suscitées, je n'aurais jamais imaginé qu'il puisse même contribuer à la guérison.

Et puis, ce qui est complètement fou, c'est que j'aurais pu ne jamais connaître cette merveilleuse histoire. À croire, vraiment, que Dieu s'en est mêlé !

À mon tour, donc, d'exprimer ma gratitude à Roland pour m'avoir fait toucher du doigt, à travers ce récit, le fait que les artistes peuvent à ce point jouer un rôle quasi irréel dans la vie des gens.

Sylvie Vartan

Remerciements

On n'écrit jamais un livre seul dans son coin, surtout quand c'est le premier et que l'on raconte une grande partie de sa vie, en l'occurrence, son enfance et son adolescence.

J'ai, par pudeur, presque toujours caché mon handicap de naissance.

Je trouvais indécent d'en parler alors que j'ai eu la chance inouïe de m'en sortir grâce aux trois ingrédients miraculeux qui composent le titre de ce livre.

Et puis, quand Dieu a mis sur mon chemin Sylvie Vartan qui ne savait rien de cette histoire ni du rôle qu'elle avait joué, j'ai redoublé de vigilance pour que rien ne transparaisse auprès d'elle de crainte qu'elle n'y décèle, à tort, un remake du film *Liaison fatale* en version édulcorée pour groupie.

Peine perdue, puisque ce livre est entre vos mains.

Ma mère, frustrée de ne pas avoir pu le faire elle-même auprès de l'artiste, doit sourire, installée, je l'espère, dans un fauteuil « orchestre Or » au paradis.

Je me dois à présent de procéder aux remerciements des personnes qui ont été essentielles à la naissance et à l'écriture de ce livre :

Sophie Davant, sans laquelle Sylvie n'aurait rien su et qui m'a ensuite fortement incité à vous livrer cette merveilleuse histoire.

Merci mon amie entêtée.

Caroline Destais, directrice de la communication ; sans elle, Vincent Barbare, président d'Edi8, n'aurait rien connu de cette histoire. Il faut vous révéler que c'est d'ailleurs Vincent Barbare qui a eu l'idée du titre du livre ; ça a jailli d'un coup, dès notre premier rendez-vous, après avoir entendu le pitch ; quel talent !

Ne s'improvise pas éditeur qui veut !

Sarah Rigaud, directrice éditoriale des Escales, la maison d'édition qui a permis l'accouchement livresque de cette histoire. Dans les prochaines versions des dictionnaires, j'ai prévu de demander que la photo de Sarah illustre les définitions « de patience infinie » et « acuité intellectuelle hors norme », qu'elle incarne parfaitement, le tout doublé d'une humilité à faire rougir.

Merci chère Sarah.

Un immense merci également à toutes celles et tous ceux qui l'accompagnent, je pense notamment à Marguerite Mignon-Quibel, directrice commerciale des Escales, et Anne Laborier, qui gère les relations presse sans lesquelles le livre ne pourrait grandir et s'épanouir.

Et puis je garde dans mon cœur et dans ma vie une place particulière pour Valérie Kubiak qui m'a accompagné dans ce voyage « retour vers le futur » et a su trouver les mots pour me permettre de vous livrer avec sincérité, vérité et sans pathos, je pense, l'enfance cabossée qui a été la mienne, mais nourrie de tellement d'amour que les cicatrices ont fait place à des souvenirs éblouissants qui m'ont donné, jusqu'à aujourd'hui, le goût du bonheur.

Cet amour de la vie, ce sont bien sûr ma mère, Dieu et Sylvie Vartan qui me l'ont inoculé à la sortie de la maternité, et sans eux cela eût été une tout autre et certainement moins belle histoire.

Dernières parutions

Domaine étranger

Alexandra Andrews
L'Énigmatique madame Dixon

Jeffrey Archer
Ni vu ni connu

M. J. Arlidge
Loup, y es-tu ?

Jennifer Cody Epstein
Les Lueurs du lendemain

Anne Glenconner
Dame d'honneur

Elin Hilderbrand
Un été à Nantucket

Victoria Hislop
Cette nuit-là

Lesley Kara
Qui le sait ?

Gilly Macmillan
Pour tout te dire

Rebecca Makkai
Cent ans de Laurelfield

Lydia Millet
Nous vivions dans un pays d'été

Ariana Neumann
Ombres portées

Lisa Wingate
Les Chemins de la liberté

DOMAINE FRANÇAIS

Catherine Bardon
Un invincible été

Fabienne Betting
La Théorie des poignées de main

Nicole Giroud
Par la fenêtre

Caroline Laurent
Rivage de la colère

Osvalde Lewat
Les Aquatiques

Ivan Nabokov et Philippe Aronson
La Vie, les gens & autres effets secondaires

Grégory Nicolas
Les Fils du pêcheur

Anne de Rochas
La Femme qui reste

Akli Tadjer
D'amour et de guerre

Pour en savoir plus sur l'actualité des Escales,
vous pouvez consulter notre site Internet
www.lesescales.fr
et nous suivre sur les réseaux sociaux

Editions Les Escales

@LesEscales

@LesEscales

FSC
www.fsc.org
MIXTE
Papier issu de
sources responsables
FSC® C003309

L'éditeur de cet ouvrage s'engage dans une démarche
de certification FSC® qui contribue à la préservation
des forêts pour les générations futures.

Pour en savoir plus :
www.editis.com/engagement-rse/

Achevé d'imprimer par
Normandie Roto Impression s.a.s.
N° d'impression : 2105912

Imprimé en France